KB062953

토요일, 그리다

토요일, 그리다

이나영 장편소설

차례

1
윤아정이라고 합니다

"아정 언니?"

4층짜리 건물 앞에서 우물쭈물 애꿎은 손톱만 물어뜯고 있던 나는 얼른 손을 내렸다. 갑작스레 찬물을 뒤집어쓴 것처럼 온몸이 경직되었다.

그냥 못 들은 척 도망갈까? 그러기에는 어느새 얌전히 모은 두 손이 민망할 정도로 공손하다. 이 와중에 조심스러움과 반가움이 섞여 있는 목소리가 궁금해진다. 마른침을 꿀꺽 삼키고 천천히 고개를 돌렸다.

"맞네!"

여자아이가 한 톤 더 올라간 목소리로 덥석 내 손을 잡았다. 나는 반사적으로 손을 빼냈다. 민망함에 어색한 웃음을 보일 만도 하건만, 아이 표정은 그저 해맑다.

민보미. 토요일인데 교복을 입고 있다. 이름표를 확인하고 다시금 얼굴을 보았다. 웃을 때마다 콧잔등과 볼에 도드라지는 주근깨가 귀엽다.

"언니, 다시 시작할 거구나. 잘 생각했어. 언니 없어서 나 얼마나 외로웠는지 알아?"

보미가 동그랗게 뜬 눈을 깜박이며 올려다보았다. 당황한 나는 어물쩍 시선을 돌렸다.

"6개월, 7개월 만에 보는 건가? 근데 언니 생머리 아니었구나. 매직한 거였어? 나도 머리할 때 됐는데 같이 하면 좋겠다."

보미는 그 작은 입을 쉴 새 없이 움직였다. 그러고 보니 그사이 내 머리카락은 꽤 자라 있었다. 초등학교 3학년 이후로 짧은 커트 머리를 고수했는데. 역시나 시간은 흐르고 있었다. 새삼스럽게 뻣뻣한 머릿결이 신경 쓰여 손가락으로 대충 빗질을 했다.

보미가 조금 전 내 손을 놓친 것을 만회하려는지 어느 틈에 다가

와 내 팔에 자기 팔을 단단히 걸었다. 나는 보미에게 이끌려 건물 안으로 들어갔다. 한 시간여를 건물 앞에서 방황했던 게 무색했다. 계단을 오를수록 유화물감과 기름 냄새 등이 묘하게 섞인 화실 특유의 냄새가 짙어졌다.

토요일, 그리다

불투명 유리문 옆에 작은 나무 명패가 걸려 있었다. 화실 이름이었다. 토요일만 여는 화실인가? 그런데 지금 내가 뭐 하고 있는 거지? 답을 찾을 새도 없이 보미에게 등 떠밀려 물살에 휘말리듯 화실 안으로 들어갔다.

밖에서 볼 때는 몰랐는데 화실 안은 꽤 넓었다. 창가 쪽으로는 개인 이젤과 의자, 작업대가 있고, 정중앙에는 커다란 나무 테이블과 플라스틱 의자들이 놓여 있었다. 한쪽 벽에는 장식장과 사물함이, 맞은편 벽에는 학생들이 그린 것으로 보이는 그림이 다닥다닥 붙어 있었다. 전형적인 화실 모습이었다.

"현 샘! 누가 왔는지 보세요. 아정 언니예요."

보미 말이 떨어지자마자 낯선 눈동자들이 일제히 내게로 향했다. 잠깐의 정적. 광활한 우주를 지나 외계 행성에 나 홀로 떨어진 느낌이었다.

"아정이라고?"

내 또래로 보이는 남자아이가 지금 막 테이블에서 떨어지는 연필을 한 손으로 낚아채며 말했다.

"다들 놀랐죠? 난 뒷모습 보니까 딱 알겠던데."

보미는 손가락까지 튕기며 의기양양했다. 그러고는 나를 만나 3층에 올라오기까지 그 짧은 이야기를 대하소설처럼 늘어놓았다. 정작 나는 이러지도 저러지도 못하고 부끄러움은 온전히 내 몫인 채, 꿔다 놓은 보릿자루처럼 보미 옆에 서 있을 수밖에 없었다.

시간이 얼마나 흘렀을까.

"그래……, 잘 왔다."

현 샘이 천천히 일어나더니 한 박자 늦게 말했다. 곱슬머리인지 파마를 했는지 모를 구불거리는 장발에 덥수룩한 수염이 이곳보다는 산속이 어울릴 것 같은 외모였다. 현 샘을 시작으로 하나둘 반갑게 인사를 건넸다. 나는 그때마다 어색하게 고개를 숙였다.

“그럼, 이제 토요일 그리다의 크로키 모임을 시작하겠습니다. 오랜만에 다시 온 친구도 있으니, 서로 인사 나눌까요? 나는 이곳, 장소 제공자이자 여러분의 정신적 동반자인…….”

“푸우!”

남자아이가 마시고 있던 물을 뿜었다.

“야! 박성민!”

맞은편에 앉아 있던 여자아이가 질색하며 자리에서 벌떡 일어났다. 여자아이는 물이 튄 안경을 닦는 동안에도 남자아이를 흘겨보았다. 남자아이는 이게 다 현 샘의 말도 안 되는 자기소개 때문이라고 항변했다. 현 샘은 허허허 사람 좋은 웃음을 날리며 딴청을 피웠다. 그 모습을 지켜보며 사람들이 웃는 걸 보니 모임의 분위기를 짐작할 수 있었다. 무안하리만큼 화기애애하다.

왁자하던 분위기는 이내 평온해졌고 자기소개가 이어졌다. 옆에 앉은 보미가 나름 7개월의 공백기를 메꾸어 주려는 듯 부연 설명을 했다.

성민이를 흘겨보던 여자아이는 송현서. 은색 안경테와 꼭 다문 입술 때문에 인상이 차가워 보였다. 현 샘의 제자로 오랜만에 찾아왔다는 대학생 유영 언니와 지호 오빠 소개가 이어지고, 점점 내 차례가 다가오고 있었다. 지금이라도 나가 버릴까? 어쩔 줄 몰라 고민하고 있을 때 보미가 요란스럽게 일어났다. 그 바람에 나갈 타이밍을 놓치고 말았다. 이제 어쩌지? 불안하고 초조한 마음에 목이 타들어 갔다.

그런데 난 뭘 불안해하는 걸까? 여기까지 왔을 땐, 아니 이곳에 앉았을 땐 무슨 생각이 있었을 것 아니야? 뭘 기대했던 건데? 머릿속에서 끊임없이 이어지는 질문과 마치 탁구를 하듯 그것을 받아 내는 답변 사이에서 내 엉덩이는 의자에 가만히 붙어 있을 뿐이었다.

얼마나 넋을 놓고 있었는지 그리……, 마스코트……, 귀염……, 같은 단어가 띄엄띄엄 들리면서 귀가 멍했다. 누군가 내 팔을 마구 흔들어 댔다. 보미였다.

"언니 차례잖아."

나는 천천히 자리에서 일어났다. 호랑이 굴에 들어가도 정신만 차리면 된다는 속담이 문득 떠올랐고 그 말에 의지가 된다는 사실이 또 놀라웠다. 나는 한 박자 쉬었다가 천천히 말했다.

"윤…… 아정이라고 합니다."

2
너 왜 그랬니?

지금 생각해 보면 절대 평범하지 않은 금요일 저녁이었다.

언니의 수학 과외 선생님은 이제껏 지각 한번 안 하다가 그날 난생 처음 선지해장국을 먹고 급체에 걸려 수업을 펑크 냈다. 선생님과 한동안 통화하던 엄마는 체념한 듯 빨리 회복하시라는 말을 마지막으로 전화를 끊었다. 그리고 거짓말처럼 아빠에게서 집 앞이라는 전화가 왔다. 일중독인 아빠가 평일에 집에서 저녁을 먹는 건 일 년에 몇 번 있을까 말까 한 일이다.

"미리 전화를 주든지 하지."

엄마는 투덜대며 냉장고에서 음식 재료들을 꺼냈다.

"엄마, 나도 오늘 학원 안 가면 안 될까? 머리도 아프고……."

나는 아프지도 않은 머리를 만지며 언제 날아올지 모를 엄마의 매운 손에서 눈을 떼지 않았다. 엄마가 들고 있던 당근을 번쩍 들었다. 나는 움찔하며 재빠르게 뒤로 두어 발짝 물러섰다.

"그러든지."

엄마 말에 나는 우와! 소리를 높이며 뒤에서 엄마 허리를 와락 껴안았다. 엄마는 언니한테 하는 것과 다르게 내게는 공부하라고 다그치지 않았다. 다그치는 것도 어느 정도 실력이 되어야 하니까.

"윤아진, 오버하지 마. 하긴 뭐 학원 하루 빠진다고 성적이 크게 달라지는 것도 아니니까."

갑자기 나타난 언니가 비아냥대며 말했다. 나랑 똑같은 얼굴이지만 이럴 땐 정나미가 떨어진다.

"야! 윤아정!"

나는 소리를 빽 질렀다.

"왜! 내가 없는 말 했냐? 그렇게 하기 싫으면 아예 그만두는 건 어때? 그런데 너 말이 짧다."

언니는 아무렇지 않게 냉장고에서 우유를 꺼내 컵에 따라 마셨다.

나는 씩씩대며 언니를 흘겨보았다.

"그래. 언니한테 '야'가 뭐야. 아진이 너 학원 안 가니까 엄마 좀 도와. 설거지 먼저 해."

엄마가 당근을 썰며 말했다.

고작 2분 먼저 태어났을 뿐인데 꼬박꼬박 언니라고 불러야 하는 내 속을 누가 알까. 성질 같아서는 아니 평소라면 엄마에게 등짝 스매싱을 맞더라도 받아쳤을 텐데 오늘은 봐주기로 했다. 내일은 내 생일이고 언니가 집에 없으니까.

"다 내 덕인 줄 알아."

언니는 컵을 싱크대에 놓고 유유히 자기 방으로 갔다. 그래, 내가 참자. 지금 덤벼 봤자 엄마는 또 언니 편만 들 거고, 학원에 가라고 하면 나만 손해다. 나는 이를 악물고 수세미에 거품을 내어 컵을 박박 닦았다.

식탁 앞에 네 식구가 모였다. 마주 보고 함께 밥을 먹었다. 대단한 화젯거리가 있는 건 아니지만 대화는 끊이지 않았고 간간이 웃음소리가 났다.

"나 내일 저녁에 생일 파티 해 줄 거지?"

고군분투 끝에 젓가락으로 콩자반을 집어내며 물었다.

"언니 모레 오잖아. 그날 같이 해야지."

새삼스럽게 뭘 그런 걸 묻느냐는 표정으로 엄마가 대답했다.

"싫어, 싫어, 싫다고! 왜 맨날 언니 편만 드는데."

딱 소리가 나게 젓가락을 식탁에 놓았다. 생각보다 큰 소리가 나서 나도 뜨끔했다. 하지만 자칫하다가는 또 어물쩍 넘어갈 게 뻔했다. 생일 파티를 꼭 내일 해야 한다고 생각했던 건 아니다. 그리고 그러자는 대답이 나올 거라고 예상했던 건 더더욱 아니다. 언니를 끔찍이 아끼는 엄마지만 빈말이라도 '그럴까?' 아니면 '어떻게 하지?'라고 내게 의견을 구하길 바랐다.

"얘가 진짜 어린애도 아니고. 그깟 생일 저녁에 밥 먹는 거 가지고 이 난리야. 그럼 오늘 할래?"

엄마는 배 아파 낳은 자기 자식 마음을 정말 모른다. 언니와 꼭 닮은 일란성 쌍둥이가 아니었다면 난 진짜 엄마를 찾아 벌써 집을 나섰을 것이다.

"뭐 그게 어렵다고. 생일 파티 두 번 하면 되지."

잠자코 있던 아빠가 툭 내뱉었다. 평소 좋은 게 좋은 거라는 성격의 아빠가 힘이 될 줄이야.

"몽블랑 빵집 딸기케이크 주문해 줘. 나 그거 먹고 싶어. 지난번처럼 치즈케이크 사지 말고."

편드는 사람이 있을 때 밀어붙여야 한다. 그렇다고 기고만장하면 다 된 밥에 재 뿌리기다.

"김 여사님, 오늘 콩나물 팍팍 무친 게 아주 맛있다요."

나는 되지도 않는 개그맨 흉내까지 내며 엄마 비위를 맞추려고 노력했다.

"너 어디 가서 그러지 마. 못생겼어."

피식, 엄마가 어이없다는 표정으로 웃었다. 이제 딸기케이크는 내 몫이다.

"됐어. 나 내일 저녁에 올 거야."

못생겼다는 말까지 들어 가며 만든 화기애애한 분위기를 단칼에 베어 버리는 언니 목소리. 하여튼 언니는 분위기 따위는 쌈에 싸 먹었는지 자기 할 말만 한다.

"그거 1박 2일 아니었어?"

자신과 꼭 닮은 내 얼굴을 매일 보는 게 끔찍하다고 할 때는 언제고 부득불 집에 온다고 하는지 이해가 되지 않았다. 처음엔 1박 2일이라 기분 전환이 될 것 같다고 좋아하더니 이게 무슨 변덕이람. 더구나 그 캠프가 얼마짜리인지 알면서도 저런 소리를 하는 걸까? 첫째 날은 우리나라 최고 명문 대학 교수의 강연이 있고 둘째 날은 관광 일정이 빼곡히 짜여 있었다. 학교장 추천을 받아야만 갈 수 있는 곳으로 내 성적으로는 죽었다 깨어나도 못 간다. 그런데 달랑 강연만 듣고 오겠다고? 머리가 어떻게 된 게 분명하다.

"생각해 봤는데 곧 모의고사잖아. 낯선 데서 자면 신체 리듬도 깨지고. 생전 처음 보는 애들이랑 구경 다니는 거 내 스타일 아니야. 그리고 동생이 이렇게까지 생일 파티를 하고 싶어 하는데 언니인 내가 와야지. 내일 오는 애들이랑 같이 버스 탈 거야."

자기 할 말만 끝내고 언니가 방으로 가다가 뒤돌아 말했다.

"올해는 나도 딸기케이크가 좋아."

그러고는 싱긋 웃기까지 하고 방으로 들어갔다.

"쟤 왜 저래? 나 무서워지려고 그래."

"뭘 왜 그래. 네가 내일 생일 파티 하자고 조르니까 그렇지. 이제 됐어? 딸기케이크도 먹고?"

엄마 말에 멋쩍어진 나는 머리를 긁적이며 끄덕였다.

몽블랑 빵집의 딸기케이크는 정말 맛있다. 그런데 지금껏 가족들 생일 때마다 그 흔한 과일케이크를 먹어 본 적이 없다. 이유는 단 하나, 언니가 과일을 싫어하기 때문이다. 알레르기는 아닌데 알레르기 같은 증상이 나타난다나? 먹으면 가려운 건 아닌데 가려울 것만 같다는 말도 안 되는 말로 우겨 댔다. 하여튼 까다롭기가 이만저만이 아니다. 고양이, 강아지도 언제 자신을 공격할 줄 모른다며 무서워해서 키우지 못한다.

언니가 우리 집에서 이렇게 상전인 이유는 공부를 잘하기 때문이다. 그것도 아주 너무 잘하기 때문이다. 그런 언니가 내가 좋아하는 딸기케이크로 하자니, 내일 아침에 해가 서쪽에서 뜰 일이었다. 언니 마음이 언제 변할지 모르니 엄마를 졸라 빵집에 딸기케이크를 바로 주문했다. 오롯이 나 혼자만 즐길 수 있는 생일은 물 건너갔지만, 딸기케이크를 먹는 것으로 아쉬움을 달래기로 했다.

다음 날, 나는 엄마가 주문해 놓은 딸기케이크를 찾으러 가서 무슨 바람이 불었는지 언니에게 줄 작은 치즈케이크도 샀다. 난 언니와 다르게 아주 마음이 넓은 사람이니까!

마침 토요일이라 낮에는 친구들과 생일 파티를 했다. 웬일로 엄마가 용돈을 넉넉히 주어서 놀이공원에 갔다가 노래방까지 갈 수 있었다. 오랜만에 가서 그랬던 건지 아니면 놀이공원에서 먹은 기름기 흐르는 닭꼬치 덕분인지 고음이 쭉쭉 올라갔다.

"내가 들어도 나 노래 너무 잘하는 것 같아."

"미친."

"오디션 프로라도 나가든지."

"그 전에 집에서 나가야 할걸? 크크크."

친구들과 실없는 농담을 해 가며 시끌벅적한 시간을 보냈다. 내 인생에 오늘이 마지막인 것처럼 목소리를 높였다.

장장 두 시간 동안 소리를 지르고 목이 아파 컹컹 소리를 내며 건물 밖으로 나왔다. 소나기가 맹렬하게 퍼붓고 있었다. 깜깜한 하늘과 빗줄기를 보니 쉽사리 그칠 것 같지 않았다. 이러지도 저러지도 못하고 있을 때, 주머니 속 휴대폰이 부르르 몸을 떨었다. 전화를 받으려는 순간 끊어졌다. 그사이 엄마와 아빠에게서 20여 통의 부재중 전화가 와 있었다. 날씨만큼이나 불안했다. 퍼붓는 빗줄기를 멍하니 바라보며 손톱만 물어뜯었다.

옆에 있던 선화가 빨리 엄마에게 전화해 보라며 재촉했다. 한숨을 여러 번 내쉬고 전화를 걸었다. 가슴이 아플 정도로 두근거렸다. 이상한 일이 생길 게 뭐 있겠어? 애써서 아무렇지 않다 아무렇지 않다 주문을 걸었다. 통화연결음이 한참 동안 울렸지만 엄마는 전화를 받지 않았다. 초조한 마음으로 좁은 공간을 왔다 갔다 하며 몇 번이나 전화를 다시 걸었다. 결국 전화를 받은 건 금희 이모였다.

"엄마는요?"

내 말에 이모는 밑도 끝도 없이 흐느꼈다. 엄마는 왜 전화를 받지 못하고 이모는 왜 우는 거지? 일어날 수 있는 경우의 수를 생각해 보아도 딱히 맞아떨어지는 게 없었다.

"왜 그래? 무슨 일이래?"

"아, 그 입 좀 닥치라고!"

선화의 물음에 나는 애먼 애를 잡았다. 선화가 깜짝 놀라며 뒤로 물러났다. 이모가 그 어떤 말도 하지 않았는데 휴대폰을 타고 전해오는 음습함과 불안함에 미칠 것만 같았다.

"아정이가 사고로……."

이모가 어렵사리 말을 꺼내고는 흐느낌으로 마침표를 대신했다.

멀쩡하던 세계가 갑자기 뒤집히는 느낌.

"학생 죽으려고 환장했어?"

경적에 정신을 차리고 보니 도로 한가운데였다. 택시 기사 아저씨가 창문을 내리고 신경질적으로 소리를 지르고 있었다.

나랑 생일 파티를 하려고 언니는 캠프 일정이 하루 더 남아 있었는데도 혼자서 버스를 탔다. 나중에 캠프 관계자에게 들은 바로는 그날 그곳을 나온 사람은 언니 하나였다. 선생님들이 다음 날 같이 가자고 설득했지만 언니 고집을 꺾을 순 없었다.

언니는 집으로 돌아오는 버스 안에서 늘 그랬듯이 이어폰을 귀에 꽂고 있었을 것이다. 문득 언니가 무슨 음악을 듣고 있었을까, 궁금증이 일었다. 어쩌면 평소처럼 귀 막음용으로 썼을지도 모를 일이다. 누군가가 불쑥 말을 거는 걸 유독 불편해했으니까.

버스는 반대편 차로에서 중앙선을 넘어 돌진하는 화물 트럭에 부딪혔고 그 힘으로 가드레일 밑으로 굴러떨어졌다. 언니가 예정대로 1박 2일 캠프를 마쳤더라면, 아니 오늘이 우리 생일이 아니었다면, 아니 내가 생일 파티를 꼭 오늘 해야 한다고 우기지만 않았다면, 언니는 살아 있었을 것이다.

아정 언니는 쌍둥이 동생인 나 때문에 죽었다.

사람은 죽어서 소문을 남긴다. 그 소문은 빠른 속도로 증식하며 몸집을 키운다. '믿을 수 없어'로 시작된 이야기는 '어쩌다가'를 지나 '그럼 그렇지'라며 비약과 생략이 난무하는 왜곡된 이야기로 변질한다.

전교 1등의 학업 스트레스, 부모의 왜곡된 자식 사랑, 아이들과 어울리지 못하는 왕따 모범생, 그 바닥에는 대한민국의 잘못된 교육 제도……, 사람들은 각자의 입맛대로 골라 씹어 댔다. 단물이 빠진 껌은 버려지지만 한번 입방아에 오른 소재는 계속 되살아났다.

4개월 동안 남은 가족들은 사람들 입에 오르내리느라 너덜너덜해졌다. 나는 졸지에 생일 파티에 환장해 쌍둥이 언니를 잡아먹은 철딱서니 없는 아이가 되었다. 자연스레 말이 줄었고 지나가는 사람이 쳐다만 봐도 위축되었다.

언니가 사경을 헤맬 때 "내일은 없어. 가는 거야!"라며 되지도 않는 헤드뱅잉을 하며 노래를 부르던 내 모습이 떠오르면 미치겠다. 누군가가 그 기억만 삭제해 준다면 뭐든 할 수 있을 것 같았다.

밤새 뒤척이다 새벽녘이 되어서야 내 의지와 상관없이 지쳐서 곯아 떨어졌다. 자연스레 학교에 가지 않는 날이 많았다. 방에 콕 박혀 시간이 흐르기를, 모든 게 잊히기를 바랐다.

그러던 어느 날, 다른 때보다 유독 엄마의 인기척이 느껴지지 않아 안방에 들어갔다. 엄마는 몸을 잔뜩 웅크린 채 잠에 빠져 있었다. 괜스레 놀란 가슴을 쓸어내리며 방에서 나오려고 할 때였다. 화장대 위에 있는 언니 휴대폰이 눈에 들어왔다.

내 방으로 돌아와 언니 휴대폰 전원 버튼을 눌렀다.

– 안녕하세요. 윤아정 회원님, 생일을 축하드립니다. 행복하세요!^^

– 윤아정 고객님의 생일을 축하합니다. 10% 할인 쿠폰이 발행되었으니 마이 쿠폰함을 확인하세요.

집 근처 작은 책방과 언니의 단골 미용실에서 보낸 문자였다. 그리고 사고 당일 엄마가 보낸 몇 개의 문자가 보였다. 나는 언니의 낡은 폴더폰 화면을 소매로 닦았다. 대학에 들어가면 최신 스마트폰으로 바꾸겠다고 했었는데……. 광고가 대부분이지만 차마 언니 이름이 있는 문자를 지울 순 없었다. 나는 광고 문자를 외울 것처럼 한 글자 한 글자 놓치지 않고 천천히 읽었다.

신석영이라는 사람과 주고받은 문자가 눈에 띄었다. 처음 보는 이름이었다. 오래전 문자였다.

– 그리다 끝나고 연락할게.☺

– 응. 윤아정 파이팅!

– 웅웅 ^^

언니 이름 석 자가 정확히 있는 걸 보니 잘못 온 문자는 아니었다. 그런데 언니가 아닌 것 같았다. 애교 섞인 말투와 이모티콘은 언니에게 전혀 어울리지 않았다. 나는 망설일 것 없이 신석영이라는 사람에게 연락했고, 며칠 뒤 어느 카페에서 만났다.

"아진이? 그런데 진짜 똑같이 생겼네요. 쌍둥이라는 말 안 하면 아정이라고 해도 믿겠어요."

신석영이 신기해하며 먼저 말을 건넸다. 신석영은 중학교 때 과학 영재 교육원에서 아정 언니를 만났다고 했다.

"아정이랑은 오가며 가끔 인사만 하는 사이였어요. 고등학생이 되고 어느 날엔가 친구들이랑 홍대 놀이터에 갔는데 거기서 아정이를 다시 만났어요. 아정이가 먼저 알은체를 해서 깜짝 놀랐다니까요."

"언니가 홍대 놀이터에 있었다고요?"

"친구들이랑 같이 있어서 학교 친구들인가 했는데, 화실 친구들이라고 하더라고요. 같이 크로키 모임 나왔다고. 즐거워 보였어요. 예전에 교육원에서 봤을 때 비하면."

그날을 시작으로 가끔 연락을 주고받으며 만나기도 했는데, 또 어느 날부터 연락이 끊겼다고 했다.

"그런데 아정이는 어디 갔어요?"

신석영은 마치 아정 언니를 기다리기라도 하는 것처럼 출입문 쪽을 흘깃댔다. 언니 사고 소식은 모르는 것 같았다. 진즉에 얘기해야 했는데 차마 입이 떨어지지 않았다. 말을 하는 순간, 이 세상에 언니가 없다는 것을 다시 한번 확인하는 거니까. 두려웠다. 나는 물 한잔을 다 비우고 나서야 겨우 말을 할 수 있었다.

"아정이는 왜 하루 일찍, 그것도 비가 억수같이 오는 날에 혼자서 버스를 탄 거예요?"

눈자위가 붉어진 신석영이 연신 코를 훌쩍이며 물었다. 나는 울지 않으려고 힘주어 주먹을 쥐었다. 물음에 답을 할 수 없었다.

신석영과 헤어진 뒤, 발길 닿는 대로 거리를 돌아다녔다. 어디를 가도 사람들과 차로 붐볐고 시끌벅적했다. 누구도 훌쩍거리며 돌아다니는 여고생에게 관심이 없었다. 차라리 아는 척하지 않는 분위기가 고마웠다. 다리가 아파 더 걸을 수 없을 때쯤 골목 어귀 상가 계단에 쪼그리고 앉았다.

"난 아정이가 미대로 방향을 틀었나 했어요. 근데 몰랐어요?"

신석영이 화실 이름을 알려 주면서 정말로 궁금하다는 얼굴로 물었다. 그러게, 내가 언니에 대해 제대로 알고 있는 게 하나라도 있긴 한 걸까? 언니에 대해 내가 관심을 가졌더라면, 언니를 생각했다면 그날 생일 파티 해 달라는 말을 했을까?

이렇게 저렇게 이야기를 뻗어 나가도 결국 도달하는 것은 "너 왜 그랬니?"가 끊임없이 반복되는 출구 없는 미로였다.

3
힘을 빼야지

"언니, 뭐 해?"

보미가 웃으며 옷자락을 잡아당기고 있었다. 내가 생각에 너무 빠져 있었던 모양이다. 사람들이 의아한 눈빛으로 나를 바라보고 있었다. 무안해진 나는 얼른 자리에 앉았다.

본격적으로 크로키 모임이 시작되었다. 한 달에 두 번. 첫째, 셋째 주 토요일 2시부터 5시까지 누구나 함께할 수 있지만 이곳 화실에 다녔던 사람이 멤버가 되곤 한다.

"오늘의 이끔이는 누구야?"

현 샘 말에 조금 전까지 소란하던 분위기가 금세 진지하게 바뀌었다. 성민이가 손을 번쩍 들었다. 앞으로 걸어 나가는 몸짓에서 활기찬 리듬이 느껴졌다.

"준비들은 다 해 온 거죠? 시작할까요?"

성민이 말이 끝나자마자 사람들이 가방에서 무언가를 주섬주섬 꺼냈다. 옆에 있던 보미는 가방에서 작은 쇼핑백을 꺼내 들고 밖으로 나갔다. 누군가는 모자를 썼고 또 누군가는 갑자기 농구공을 꺼내 드리블했다. 이 틈에 나갈까? 나는 소심하게 가방을 만지작대다가 자리에서 일어났다. 조용히 잽싸게 움직였다고 생각했는데 문 앞에서 누군가와 부딪혔고 그 누군가의 뒤를 바짝 쫓아 들어오는 보미 때문에 작전은 실패했다.

"언니, 어디 가?"

보미의 물음에 나는 핑곗거리를 찾아 우물쭈물하다가 나와 보미 사이에 묘하게 끼어 있는 남자와 눈이 마주쳤다. 남자도 깜짝 놀라며 뒤로 한 걸음 물러났다.

"규현 오빠! 뭘 그렇게 놀라? 아정 언니잖아."

보미가 재미있다는 표정으로 남자를 툭 쳤다.

"아정이……?"

규현 오빠라는 남자가 어안이 벙벙한 얼굴로 나를 바라보았다.

"현 샘! 저 좀 보세요."

규현 오빠는 나에게서 눈길을 거두고 현 샘과 함께 화실을 나갔다.

"하여튼 규현 오빠 시크한 건 알아줘야 한다니까. 언니가 보기에도 그대로지?"

보미가 뽀로통해하더니 금세 해맑은 얼굴로 말했다.

"근데 언니 어디 가려고 했어? 설마 집에 가려고?"

덜렁대는 것 같은데 은근히 뒤끝이 있는 아이다. 뭐든지 참견해야 하고 답을 얻어야 하는 성격. 예전엔 그러지 않았는데 언니의 죽음 이후 사람들의 표정이며 말투를 살피게 된다.

"아니, 그냥……."

나는 보미 손에 끌려 자리로 돌아갔다. 준비를 마친 사람들이 아까부터 우리를 보고 있던 참이었다.

성민이가 화이트보드에 커다랗게 '스포츠'라고 썼다. 오늘 '토요일, 그리다' 크로키 모임의 주제다. 어쩐지 사람들의 차림새며 가져온 준비물이 예사롭지 않았다.

크로키가 움직이는 동물이나 사람의 형태를 짧은 시간에 스케치

하는 것이라는 것쯤은 안다. 중학교 2학년 때까지 미술 학원에 다녔기 때문에 낯선 분야는 아니다. 하지만 이렇게 여러 명이 모여 화기애애한 분위기로 마치 축제를 즐기는 것 같은 모습이 낯설었다. 내가 아는 미술 학원은 초등학교 저학년 때를 제외하고는 다른 입시 학원과 마찬가지로 치열하게 살아남아야 하는, 정글 같은 곳이었다.

"1분 크로키부터 시작할까요? 모델은 어떤 순서로……."

성민이 말이 채 끝나기도 전에 보미가 손을 번쩍 들었다. 갈아입은 분홍색 테니스 치마가 잘 어울렸다. 앞에 나간 보미는 자연스럽고 능숙하게 사람들을 향해 손 하트를 날리며 인사를 했다. 나는 손발이 오그라들 것 같은데 사람들은 웃으며 받아 주는 걸 보니 늘 있는 일인 것 같았다. 보미를 시작으로 차례대로 나를 제외한 여섯 명이 스포츠와 관련해 포즈를 취하면 나머지 사람들이 그림을 그린다.

보미는 이 모임을 위해 철저히 준비해 온 모양이었다. 손에는 배드민턴 라켓을 들었다. 테니스 라켓을 사려고 했는데 비싸서 못 샀다며 툴툴댔다.

현 샘이 내게 스케치북과 잘 깎은 4B 연필 한 자루를 건넸다. 흘깃 보니 규현 오빠도 어느새 자리에 앉아 있었다.

"이제 시작할까요?"

성민이 말이 떨어지자 사람들 표정이 자못 진지해졌다. 백 미터 달리기 출발선 앞에 서 있는 것처럼 긴장한 모습이었다.

보미가 목운동을 몇 번 한 뒤에 자세를 잡았다. 마치 테니스 경기에서 서브를 넣듯이 몸을 옆으로 틀고 라켓을 든 오른손을 머리 위로 번쩍 들었다. 결승전에 올라간 선수처럼 표정도 비장했다.

사람들이 연필 쥔 손을 빠르게 움직이기 시작했다. 사각사각 연필 소리만이 공간을 채우고 있었다. 그 소리가 참 편안하게 느껴졌다. 편안함이라니……, 생전 처음 온 곳에서 이런 감정을 느끼다니…….

성민이가 맞춰 놓은 타이머가 멈추자 연필 소리도 그쳤다. 보미는 뻐근한지 팔을 만지작댔다.

"언니, 치마 주름 디테일 봐. 완전 대박!"

보미가 유영 언니 그림을 보고 호들갑을 떨었다.

"예뻐서 자꾸 눈길이 가더라."

유영 언니가 기분 좋게 맞장구를 쳐 주었다.

보미는 올리고 있던 팔을 주무르며 자리로 돌아왔다.

"언니, 나 그렸어? 에이, 뭐야. 안 그렸네."

보미가 입을 쭉 내밀며 아쉬워했다. 나는 괜스레 미안해져 스케치북만 만지작댔다.

크로키는 바삐 돌아갔다. 나를 제외한 모두가 모델이 되어 1분 크로키를 마쳤다. 짧은 시간이지만 얼굴엔 만족감이 드러났다. 어떤 점이 이들을 이렇게 집중하게 만드는지 궁금했다.

바로 3분, 5분 크로키가 이어졌다. 자연스럽게 돌아가며 모델을 하고 타이머를 맞췄다. 따스하고 재밌는 시간이 흘러가고 있었다.

성민이가 한쪽 다리를 뒤로 쭉 뻗은 채 양팔을 어깨높이로 벌렸다. 몇 번을 뒤뚱뒤뚱하더니 용하게 자세를 잡았다.

"나를 김연아라고 생각하세요."

성민이의 능청스러움에 모두 웃음보가 터졌다.

"선 한번 그려 볼래?"

넋을 놓고 사람들을 보느라 현 샘이 옆에 서 있는 줄도 몰랐다.

"네?"

내가 딱히 뭘 하려고 이곳에 온 건 아니지만 아무것도 안 하는 것도 민망한 일이었다. 테이블 위에 놓인 스케치북과 연필을 들었다. 이게 이렇게까지 낯선 물건이었나?

나는 스케치북에 선 한 줄을 죽 그었다.

"잘하는데?"

현 샘이 사람 좋은 웃음을 보였다. 선 하나 그었을 뿐인데 칭찬이라니 몸 둘 바를 모르겠다. 그래도 기분이 나쁘진 않았다.

그사이 자칭 김연아, 성민이의 순서가 끝나고 현서가 모델이 되어 활시위를 당기는 모습을 하고 있었다. 5분 동안 자세를 잡고 있으려면 꽤 힘들 것 같았다. 공교롭게도 하필이면 시선이 내게로 향해 있어 나는 바늘방석에 앉은 기분이 들었다. 머쓱해진 나는 스케치북으로 시선을 돌렸다.

고작 선 하나 긋는데 어깨와 팔 그리고 손끝에 힘이 들어갔다. 그사이 감각을 잃은 모양이었다. 하긴 몇 년이나 지났는데.

"손목에 힘을 빼고 부드럽게 종이와 스치듯이."

아마도 현 샘이 낼 수 있는 가장 부드러운 목소리일 듯싶었다.

"아……, 네."

나야말로 상대방이 그렇게 느끼도록 최대한 공손하게 대답했다.

힘을 빼고 부드럽게. 예전에 그림을 그릴 때면 지겹도록 들었던 말이다.

“연필을 잡고 있는데 어떻게 힘을 빼요? 이렇게 하라고요?”

나는 일부러 연필 쥔 손을 축 늘어뜨린다. 미술 학원 선생님이 어이가 없다는 얼굴로 고개를 절레절레 흔든다.

“하여튼 우리 아진이는 아는 것도 많고 궁금한 것도 많아서 먹고 싶은 것도 많겠다.”

“네. 그러니까 아이스크림 사 주세요.”

좀 전까지 힘들어 죽겠다고 엄살을 부리던 나는 금세 선생님 팔을 붙잡고 애교를 부렸다.

“내 덕분에 먹는 거니까 나한테 고맙다고 해.”

순전히 말로 획득한 전리품을 두고 나는 아이들 앞에서 있는 생색 없는 생색을 다 냈다. 그렇게 미술 수업은 내게 큰 기쁨이었고 놀이였다. 그리고 서서히 손에 힘을 뺀다는 의미를 알아 갔다. 중간중간 고비가 있었지만 미술은 내가 유일하게 포기하지 않고 좋아하는 과목이었다.

나는 오른쪽 손목을 지그시 바라보았다. 손에 힘을 빼야지. 수없이 들었던 말. 너무 잘하려고 애쓰면 과해져서 답답한 그림이 나온다.

사람 사이의 관계 역시 힘을 빼는 게 중요하다. 팽팽하게 당겨진 고

무줄 같은 관계는 문득, 생각하지 못한 시간과 공간에서 너무도 우습게 끊어진다.

언니와 내가 그랬다. 일란성 쌍둥이라 똑같이 생긴 얼굴을 제외하고는 모든 게 달랐다. 언니는 내가 기억하는 어렸을 적부터 엄마 속에 들어갔다 나온 것처럼 행동했다. 엄마가 하라는 건 했고 하지 말라는 건 하지 않았다. 야단맞을 일이 없었다. 그에 반해 나는 하라는 건 안 했고 하지 말라는 건 기를 쓰고 했다.

"너도 언니처럼 열심히 하면 좀 좋아. 넌 왜 해 보지도 않고 싫다고 하는 건데."

엄마는 학원을 바꿀 때마다 이렇게 말했다.

"아니, 싫은 걸 왜 하냐고!"

"너는 내가 낳았지만 정말 모르겠다."

입씨름하다 보면 엄마는 가슴팍을 팍팍 치며 답답해했다.

"원래 알다가도 모르는 게 인간이야. 열 길 물속은 알아도 한 길 사람 속은 모른다잖아. 엄만 그것도 몰라?"

"넌 물에 빠지면 입만 동동 뜰 거야."

"입이라도 뜨니 그게 어디야?"

난 한마디도 지지 않았고, 결국에는 등짝 스매싱이라는 대가를 치러야 했다.

엄마는 말 잘 듣고 똑똑한 언니를 끔찍이 챙겼다. 나는 한 달도 견디지 못하는 걸 언니는 묵묵히 해냈다. 발레, 피아노, 바이올린 하다 못해 피겨스케이팅까지 어디를 다치거나 엄마가 그만하자고 할 때까지 했다. 언니는 무엇을 하든 가르치는 선생님들이 재능이 있다고 했다. 신기했다. 그럴 때마다 엄마 목에는 힘이 들어갔다. 나는 언니가 그중에 하나를 하게 될 줄 알았다. 하지만 엄마가 최종적으로 결정한 언니의 꿈은 의사였다. 초등학교 5학년 때였다. 진로가 결정되는 중요한 시기라고 했다. 그리고 그때부터 엄마는 더 열심히 언니의 뒷바라지를 했다. 난 언니한테 엄마를 빼앗기는 대신에 자유를 얻었다. 그리고 언니와는 정반대의 대척점에 서서 서로를 무시했다.

그런데 그런 언니가 엄마 몰래 여길 다녔다고? 신석영한테 몇 번을 확인했는지 모른다. 오죽하면 '나와 똑같이 생긴 사람, 맞아요?'라고 말도 안 되는 질문을 했었다.

아무래도 손목에서 힘을 빼는 건 힘들 것 같았다. 나는 조용히 연필을 테이블에 내려놓았다.

5분은 꽤 길었다. 연필을 긋는 속도는 점점 빨라졌고, 그에 비해 여유 있게 파스텔이나 색연필을 사용해 색을 입히는 사람도 있었다. 보미도 진지한 표정으로 검은색과 흰색 파스텔을 섞어 그림에 명암을 주었다. 마음에 안 차는지 계속 같은 자리에 손을 대고 있었다.

나는 가만히 있기 뭐해 아까부터 눈길을 끌던 고양이에게 다가갔다. 고양이는 화실 풍경의 일부인 것처럼 미동조차 하지 않고 출입문 옆에 앉아 있었다.

'고흐?'

목에 걸린 펜던트에 이름이 적혀 있었다. 고양이 이름치고는 너무 예술적이다. 오른쪽 귀가 붕대를 감은 것처럼 하얀색이었다. 머리를 살살 만졌는데 고흐는 가만히 있었다. 너 쉬운 아이였구나? 피식, 웃음이 나왔다. 낯선 곳에서 나도 모르게 나오는 웃음이라니. 주변을 두리번대다가 현서와 눈이 마주쳤다. 사람을 꿰뚫어 보는 것 같은 눈빛이 썩 마음에 들지 않았다. 나는 잘못한 사람처럼 먼저 고개를 돌리고는 고흐를 계속 쓰다듬었다.

4
시간이 멈춘 방

"이거 어쩌지? 오늘 내가 백만 년 만에 약속이 있어서 말이지."

현 샘이 미안한 얼굴로 턱수염을 만지작대며 말했다.

"백만 년 만이니까 용서해 드릴게요. 대신에 다음 모임 때 고기 쏘세요."

"샘, 데이트하세요?"

"설마 그렇게 나가시는 건 아니죠?"

보미를 시작으로 너나없이 짓궂은 농담을 했다. 근데 데이트라면, 설마 솔로? 확실히 저 턱수염이 10년은 더 나이 들어 보이게 한다.

다음번 고기 모임을 약속하고는 화기애애하게 모임이 막을 내렸다.

평소에는 저녁 식사까지 하고 가는 분위기다. 언니가 이런 분위기에 어울렸다는 게 도저히 믿기지 않는다.

언니는 다른 사람은 물론 쌍둥이인 나에게도 고슴도치처럼 가시를 세웠다. 그런 언니가 특별히 친한 사람도 없는 이곳에서 이렇게 다양한 성격의 사람들과 함께 그림을 그리고 저녁까지 먹었다니, 어떻게 해석해야 할까.

사람들은 능숙하게 화실 안을 정리했다. 화실 한가운데 있던 커다란 테이블을 한쪽 벽에 붙이고 플라스틱 의자는 그 옆에 쌓았다. 널찍한 공간 안으로 창밖의 감나무 그림자가 불쑥 들어왔다.

이곳에 들어올 때도 얼떨결이었지만 나갈 때도 마찬가지였다. 보미 손에 이끌려 현서, 성민이와 함께 화실에서 나왔다. 후텁지근한 공기가 피부에 달라붙었다.

"진짜 덥다. 지겨워."

현서가 입을 뾰로통하게 내밀며 손으로 부채질을 했다.

"난 오늘도 육수와의 전쟁이야."

성민이 겨드랑이는 땀에 젖어 도드라져 보였다.

"그러니까 살 좀 빼라고."

현서가 성민이 옆구리를 팔꿈치로 찔렀다.

"내 말이."

성민이가 웃으며 자기 배를 두 손으로 두드렸다. 오랜 사이에서 나오는 무심한 듯 다정한 대화들이다.

얼마 가지 않아 작은 편의점이 보였다. 구멍가게보다는 크고 일반 편의점보다는 작았다. 다들 망설이지 않고 편의점 안으로 들어갔다. 화실에서 보았던 규현 오빠가 있었다. 편의점 조끼를 입은 걸 보니 이곳에서 아르바이트를 하는 모양이다. 안 그래도 화실에서 그림을 그리던 사람이 어느 틈에 갑자기 사라져 이상하던 참이었다.

과자를 정리하던 오빠가 계산대 앞에 섰다. 짬짬이 그림을 그리는지 계산대 위에는 스케치북과 연필이 놓여 있었다.

보미는 복숭아아이스티를, 현서는 생수를, 성민이는 초코우유를 골랐다. 나는 손이 가는 대로 바나나우유를 집었다.

"너 이제 커피 끊었어?"

성민이가 파란색 캔 커피를 들어 보이며 물었다. 다른 한쪽 손에는 계산도 안 한 초코우유에 빨대가 꽂혀 있었다.

"어?"

당황한 나는 바나나우유를 제자리에 두고 성민이에게서 캔 커피를 받아 들었다.

언니가 커피를 좋아했었지. 순전히 공부할 시간을 확보하기 위해서였다. 불량 식품은 물론 몸에 해로운 건 입에 대지 않는 언니가 딱 하나 끊지 못하는 게 커피였다. 시험 때는 커피를 물처럼 마셔 댔다.

"아무튼 독해, 독해!"

커피를 좋아하지 않는 나는 고개를 절레절레 흔들곤 했다. 엄마도 말로는 몸에 안 좋다고 하면서도 특별히 제지하지는 않았다. 성적에 좋은 영향을 끼친다면 그보다 더한 거라도 마시게 할 거다.

"안 가?"

성민이는 어느새 계산대 옆에 있는 소시지까지 입에 넣고 우물대며 말했다. 캔 커피를 계산대에 올려놓고 주머니에서 돈을 꺼내려는데, 보미가 돈을 냈다.

"언니 다시 온 기념으로 내가 살게."

동작이 어찌나 빠른지 속수무책으로 순식간에 커피를 빚졌다.

"다음번에 언니가 사."

보미가 내 마음을 읽은 것처럼 말했다. 예의 그 생글거리는 미소와 함께.

'다음번에…….'

그 말이 미처 목으로 넘기지 못한 알약처럼 입안에서 맴돌았다. 내가 이곳에 또 올 수 있을까?

내 침묵이 길었나 보다. 정신을 차리고 보니 규현 오빠가 계산을 마친 커피를 내밀며 나를 빤히 바라보고 있었다. 나는 얼른 커피를 받아들고서 보미에게 고맙다는 말을 전했다. 혹시나 하고 와 봤던 공간에서 의도치 않게 사람들을 만났고 다음을 기약하며 헤어졌다. 마치 마법 공간에 들어갔다가 나온 것처럼 혹은 꿈을 꾸다 깬 것처럼 느껴졌다.

저녁 시간을 훌쩍 넘겨 집에 들어갔다. 거실에 들어서자마자 통유리창으로 보이는 반대편 아파트 불빛이 생경하다. 언니가 돌아오지 않는 집에서 나는 자주 멍하니 앉아 저 불빛을 바라보았다. 직장으로 학교로 학원으로 흩어져 있던 가족들이 모이는 시간. 매일 있는 일이기에 소중하다고 생각하지 못했던 시간. 뜻밖에도 눈물은 소소한 것에서 터져 나온다.

마치 집 안에 정해진 동선이 있기라도 한 것처럼 안방 문에 가장 먼저 눈길이 닿는다. 그 안에서 엄마도 치열하게 자기 자신과 싸우고 있을 것이다. 집안을 진두지휘하던 사령관이 손을 놓자 신기하게도 모든 것이 점점 제 빛깔을 잃어 갔다. 사람뿐 아니라 화초, 소파, 텔레비전 하다못해 화장실 슬리퍼까지도 슬퍼 보였다.

식탁 위에는 저녁밥이 차려져 있었다. 금희 이모 솜씨일 것이다. 고등학교 때부터 엄마 친구인 금희 이모는 회사 일에 치여 살면서도 언니 장례식 이후 이렇게 반찬을 갖다주곤 했다.

– 이모 고마워요. 잘 먹을게요.

금희 이모에게 문자를 보내려다가 그만두었다. '잘'이라는 말이 흰 밥에 튀어나온 검은콩처럼 탁 걸렸다. 무슨 낯짝으로 이 맛있는 음식을 '잘' 먹겠다는 건지……. 그냥 고맙다는 말만 보냈다.

평소처럼 내 방으로 들어가려다가 언니 방 앞으로 갔다. 안방과 마주 보고 있는 방이다. 방마저도 엄마와 가장 가까이 있다. 이 집에 처음 이사 왔을 때가 생각났다. 안방은 당연히 엄마 아빠 차지였지만, 사실 언니가 원했다면 엄마는 망설임 없이 안방을 언니에게 내주었을 것이다. 자연스레 나는 현관 앞 작은방을 사용했다.

열린 문틈으로 보니 엄마가 침대 끝에 멍하니 앉아 있다. 온종일 언니 방을 쓸고 닦은 뒤에는 저렇게 있었다. 이 큰 집에서 언니의 공간만이 깔끔함을 유지하고 있다. 그렇게라도 하면 마치 언니가 살아 돌아오기라도 할 것처럼. 언니 방 벽에는 그 흔한 영화 포스터 한 장 걸려 있지 않았다. 책상 위는 늘 깨끗했고 책꽂이에는 교과서와 문제집이 과목별, 크기별로 단정하게 꽂혀 있었다. 침대 이불은 주름 하나 없이 각이 잡혀 있었다. 엄마는 언니 없는 방에 먼지 한 톨 허락하지 않을 것이다. 이곳은 시간이 멈춘 방.

얼마 전 아빠가 출근하면서 이제 언니 방을 내가 쓰는 게 어떻겠냐는 말을 했다. 이사 와서 언니와 내가 서로 이 방을 쓰겠다고 난리를 피웠던 게 기억난 모양이었다. 그 순간 엄마 눈동자가 흔들렸고 무어라고 대답을 하려다 차마 하지 못하고 목구멍으로 넘기는 티가 역력했다.

'됐어.'라는 내 말 한마디에 안도하는 엄마 표정이라니. 그 일로 엄마는 마치 그 방을 지키기라도 하는 것처럼 부쩍 오래 언니 방에 머물렀다. 나는 평소에도 언니 허락 없이 들어가지 않던 방이라 발을 들이지 않았다.

나는 아이가 사고로 죽고 남은 부부가 서로 할퀴다 못해 갈라서던 어느 영화에서처럼 혹시라도 엄마 아빠가 이혼이라도 할까 봐 덜컥 겁이 났다. 내가 상상하는 일은 벌어지지 않았고, 아빠는 더욱더 회사 일에 매진했다. 이럴 때일수록 난 알아서, 누구도 내게 신경 쓰지 않도록 매사에 조심해야 했다. 나까지 엄마 아빠를 힘들게 해서는 안 되니까.

엄마를 부르려다가 그만두었다. 금희 이모가 왔다 갔으니 어떻게든 밥은 먹었을 거다. 같은 슬픔을 가지고 있다는 것, 그 무게를 너무나 잘 알기에 엄마와 나는 서로를 바라보는 것이 더 버거웠다.

장례식장에서 엄마는 금희 이모를 붙들고 '왜 하필' 아정이냐고……, 오열했다. 그 장면이 지금도 잊히지 않는다. 나와 눈이 마주친 금희 이모는 어쩔 줄 몰라 했다. 그러게 왜 하필 언니였을까.

친척들이 밥을 먹으며 나누는 이야기는 가감 없이 귀와 가슴에 꽂혔다. 나는 생일 파티와 딸기케이크에 환장하는 철딱서니 없는 애였다가 제 언니를 잡아먹은 애가 되기도 했다. 그러고는 인심을 쓰는 양 그래도 산 사람은 살아야 한다는 말로 위로인 척 가슴에 대못을

박았다.

아이러니하게도 유족들은 위로보다는 질책과 힐난을 받아야 했다. 산 사람은 살아야 하지만 또 그만큼 삶을 견뎌야 했다.

가능하다면 시간을 예전으로 되돌리고 싶다.

왜 하필, 아정이가 아니고 아진이였다면……, 그랬더라면.

5
거울 속에 언니가

여름 방학식 날이다.

오늘도 난 창가 맨 뒷자리에 가만히 앉아 있다. 언니 사고 이후 4개월이 지난 지금도, 언니와 함께 다녔던 이곳을 꾸역꾸역 다니고 있다.

언니를 보내고 남은 가족은 각자의 동굴에 들어갔다. 아빠는 회사에 엄마는 안방에 그리고 나는 내 방에 틀어박혀 온몸으로 슬픔을 버텨 냈다.

"자네가 상심이 크겠네."

"이럴 때일수록 엄마가 기운을 내야지. 아진이도 생각해야지."

“네가 엄마를 잘 챙겨 드리렴. 자식 먼저 보낸 어미 심정을 어찌 말로 다 하겠니.”

친척들이 위로라고 해 준 말들은 크게 다르지 않았다. 산 사람은 열심히 살아야 하며 이럴 때일수록 남은 가족이 똘똘 뭉쳐야 한다는, 가슴으로 전혀 받아들여지지 않는 이야기들.

모든 장례 절차가 끝나고 세 사람만 남았을 때, 그때부터 진짜 슬픔이 밀려왔다. 날카로운 화살 끝이 사방에 있었다. 그리고 마지막엔 여지없이 내게 날아왔다.

처음엔 몸의 70퍼센트가 수분이라고 하는 걸 확인시키려는 듯 눈물이 흘렀다. 그 눈물이 마를 때쯤에는 끝도 없이 자책의 구덩이를 팠다.

우리는 서로에게 위로가 되어 주기는커녕 그나마 열어 두고 있던 마음의 문마저 꼭 닫았다. 내가 학교에 나가기 시작한 것도 순전히 집에 있기가 답답했기 때문이다. 넘어가지도 않는 밥을 꾸역꾸역 먹는 것, 그것도 엄마와 마주 보고 먹어야 하는 건 서로에게 형벌이나 마찬가지였다.

그 일이 있기 전까지 난 지극히 평범한 고2 학생이었다. 학교와 학원을 오갔고 선생님, 친구들과도 그럭저럭 잘 지냈다. 몇몇 선생님은 내가 쌍둥이 언니와 뇌 구조가 같을지도 모른다는 기대를 했지만, 이내 우주의 섭리가 그렇게 호락호락하지 않다는 것을 확인했다. 그리고 어느 날부터인가 '우리 아진이는 참 밝아.' '아진이는 참 씩씩해.'라는 말로 칭찬 아닌 칭찬을 했다. 그러거나 말거나 나는 매점에서 파는 크림빵을 한입에 먹을지 두 입에 나눠 먹을지 고민하는 해맑은 아이였다.

당연히 아이들은 나를 편하게 대했다. 서릿발같이 차가운 언니와 다르게 내 주변에는 항상 누군가가 있었다. 우리는 시시때때로 빵 한 쪽도 나누며 친목을 다졌다. 나는 언제까지고 아이들과 빵을 뜯으며 평범하면서도 즐거운 학창 시절을 보내게 될 줄 알았다.

장례식이 끝나고 처음으로 학교에 나간 날이었다.

선생님도 아이들도 예상보다 더 뜨겁게 나를 맞이했다. 내가 가는 곳마다 쑥덕거림이 이어졌다. 나는 장례식장에서 했던 말들을 반복해야 했고 그게 싫어 입을 다물면 자기들끼리 말을 만들어 내고 부풀렸고 그것을 진실로 여겼다. 예전의 나라면 그냥 웃어넘겼을 수도 있겠다. 하지만 예민해질 대로 예민해진 나는 다수의 위로보다는 몇

몇의 비아냥거림에 더 크게 흔들렸다.

어느 날, 학교 축제를 앞두고 아이들이 그 어느 때보다 들떠 있었다. 조별로 장기 자랑을 준비하고 있었다. 상품까지 걸려 있어 더 열심이었다. 너희들은 뭐가 그렇게 행복하니? 세상이 너무 불공평하다는 생각이 들면서 교실 안을 떠도는 아이들의 웃음소리가 귀에 거슬렸다.

"아진아, 너 3조잖아. 이리 와."

조장 민혁이가 상기된 얼굴로 손을 흔들었다. 나는 고개를 책상에 묻었다. 언니네 반에서도 한창 장기 자랑 이야기를 하고 있을 걸 생각하니 웃고 떠드는 모두가 야속했다.

누군가가 몇 번이나 내 이름을 불렀고, "윤아진, 우리 조 1등 놓치면 책임질 거야?" 하는 또 다른 날이 선 목소리가 들렸다. 책임……. 넌 그 단어의 무게를 알고서 하는 소리니? 언니의 죽음을 내 책임이라고 여기고 있었던 나는 그 말을 견딜 수가 없었다.

"책임 못 진다. 왜!"

나는 자리에서 벌떡 일어나 소리 질렀다. 한번 소리를 지르니 꾹꾹 누르고 있던 화가 치밀어 올랐다.

"진짜 못 봐주겠네. 언제부터 네가 아정이랑 사이가 좋았다고 그래? 적당히 좀 해. 반 분위기 흐리지 말고."

민혁이 말에 아이들이 입을 다물었다. 팽팽한 긴장감이 교실 안을 채웠다.

"그렇게 애틋하면 따라 죽든지. 진짜 짜증 난다니까."

웅성거림을 뚫고 나온 누군가의 작은 목소리가 귀에 박혔다. 순간 필통 속 커터 칼이 눈에 들어왔고 앞뒤 생각할 겨를도 없이 그 칼로 손목을 그었다.

선화가 달려와 칼을 빼앗지 않았더라면 제대로 상처가 났을 것이다. 그 일로 아이들은 적어도 내 앞에서는 더는 떠들지 않았다. 눈이라도 마주치면 전염병에 걸린 사람을 보는 것처럼 피했다. 선화하고도 데면데면해졌다. 선화를 보고 있으면 그날 노래방에서 신이 나서 노래 부르던 내 모습과 언니의 사고 장면이 오버랩 되면서 불편해졌다.

방학식이 끝나고 교무실에서 담임과 단둘이 마주 앉았다. 방학 보충수업을 신청하지 않은 사람이 나 하나라고 했다.

"방학 때 집에 있는 것보다는 학교에 나오는 게 좋지 않을까?"

담임은 어디서 연락 올 때가 있는지 자꾸만 휴대폰에 눈길을 두고 물었다. 교장이 하라는 건 다 하고 뭐든 뒤처지는 걸 끔찍이 싫어하는 담임은 나 때문에 영 곤혹스러울 거다.

"아정, 아니 아진아."

담임이 어딘가로 문자를 보내며 건성건성 말했다. 참 한결같기도 하지. 언니가 우리 반도 아닌데 담임은 늘 언니와 날 헷갈려 했다. 본인도 난감한지 흠흠, 억지로 목을 가다듬었다.

"그림 그리려고요."

툭 튀어나온 말에 나도 놀랐다. 담임도 나만큼이나 뜨악한 표정이다.

"미대 준비 중이었니?"

담임이 진로 카드를 찾는지 책꽂이를 살폈다. 방금 휴대폰 문자를 확인한 이후로 약속 시간이 늦춰지기라도 했는지 뭉그적대고 있다.

"아니요. 그냥이요."

"그래. 그냥……, 그냥?"

담임은 내 얼굴을 가만히 살폈다. 나 역시 그 눈길을 피하진 않았다. 담임은 '설마 네가 이런 상황에서 거짓말을 하겠어?'라는 표정이다. 예전의 나도 거짓말을 즐겨 하진 않았다. 거짓말을 하다 보면 또 거짓말을 해야 하는데 그럴 만큼 내가 머리가 좋지 못할뿐더러 머리 아프게 신경 써야 하는 게 내 스타일이 아니었다.

담임이 종이 한 장을 내밀었다. 보충수업 불참 확인서로 학부모 사인이 필요했다. 오늘 중으로 부모님 사인을 받아 사진 찍어 보내라고 했다. 내가 대충 부모님 사인을 꾸며 낼 걸 알고 있을 거다.

"잘 생각했어. 뭐든 해야지. 다 잊고 산 사람은 살아야지."

인사를 하고 나가려는 나의 어깨를 토닥이며 담임이 말했다. 뭘 잊으라는 거냐고 따지고 싶었지만, 어차피 그냥 한 말이라는 것쯤은 나도 안다. 장례식을 치르고 그 뒤로도 숱하게 들었던 말들. 그들도 얼마나 난감할까. 그러기에 기껏 생각해서 한다는 말이 다 잊고 살라는 말일 것이다.

교무실 문을 닫고 나오자마자 큰 숨이 터져 나왔다. 물 한 모금 없이 찹쌀떡을 먹은 것처럼 속이 답답하고 목이 메었다. 한 손으로 가슴을 탕탕 치며 발길을 돌렸다. 얼마 가지 않아 선화를 만났다. 날 기다린 모양이었다. 난 고개를 옆으로 돌리고 선화를 지나쳐 갔다. 괜스레 눈물이 터질까 봐 겁이 났다.

"아진아. 방학…… 잘 보내고…… 기다릴게."

선화가 얼마나 고심하며 고른 말일지, 낱말과 낱말 사이에 얼마나 많은 말을 숨겨 놓았을지 잘 알고 있다. 그래도 자꾸만 그날의 기억이 떠올라서 얼굴을 보는 게 힘들었다. 친구에게 네 얼굴을 보기 힘들다는 말을 어떻게 할 수 있을까.

담임과 상담을 하는 그 짧은 동안에 아이들은 썰물처럼 학교를 빠져나갔다. 커다란 건물이 텅 비어 있었다. 커다란 콘크리트 괴물이 살아서 움직일 것처럼 기괴하고 어두웠다. 예전에 내가 웃으며 뛰어다니던 곳이 지금은 끔찍한 공간이 되어 버렸다.

안녕……, 교문을 빠져나오며 읊조렸다. 한 달 동안 이곳에 나오지 않는다고 생각하니 속이 후련하면서도 어딘가 모르게 쓸쓸했다. 선생님과 아이들 시선에서 벗어난다는 해방감이 들면서도 이런 마음 자체가 비겁하게 느껴졌다. 요즘은 내 머리가 맞나 싶을 정도로 생각이 너무 많다.

되도록 아무 생각도 안 하려고 노력하면서 거리를 천천히 걸었다. 편의점, 문구점, 분식점, 노래방……, 어느 곳 하나 사연 없는 곳이 없다. 보는 순간 기억을 떠올리게 되고 생각에 빠지게 된다.

미용실 앞에서 발길이 멈추었다. 50대로 보이는 아주머니 한 분이 운영하는 곳인데 스타일이 구리다며 애들이 가지 않는 곳이다. 미용실이라기보다는 동네 아주머니, 할머니의 사랑방 같은 곳이다.

유리에 비친 내 머리가 오늘따라 거슬렸다. 여기서 조금 더 가면 큰 길에 유명한 미용실이 있지만 그곳은 아마도 지금 우리 학교 애들로 채워져 있을 것이다. 웬만한 애들은 내 얼굴과 사연을 아는 만큼 부딪혀 봐야 좋을 일 없다. 이래저래 이만 한 곳이 없었다.

미용실 문을 여니 아주머니가 반갑게 맞이해 주었다. 환기가 안 돼 독한 파마약 냄새가 남아 있었지만 아주머니의 웃는 얼굴이 마음에 들었다. 손님으로 보이는 할머니 두 분이 파마를 하는지 머리에 비닐을 두르고 사과를 깎아 먹고 있었다.

"어떻게 해 줄까?"

아주머니가 내 목에 진보라색 천을 두르며 물었다. 머리가 거슬렸을 뿐이지 어떻게 할지는 생각해 보지 못했다. 아주머니는 정성을 다해 내 머리를 빗질했다.

"학생, 곱슬머리네. 날도 더운데 상큼하게 커트할까?"

"아니요. 끝에 지저분한 것만 자르고 매직 해 주세요."

두 시간 정도는 걸릴 것이다. 집에는 가기 싫고 딱히 가고 싶은 곳도 없다. 점점 날이 더워져 걷는 것도 지친다. 모르는 사람들 틈에 있는 것도 나쁘지 않을 것 같았다.

머리에 파마약을 바르고 기다리기만 하면 된다. 중간에 아주머니가 만들었다는 김밥과 보리차를 할머니들과 나눠 먹을 때였다. 아빠에게서 저녁을 같이 먹자는 문자가 왔다.

집에 들어서자 거실은 모처럼 환히 불이 켜져 있었다. 엄마는 등을 돌린 채 싱크대에서 음식을 준비하고 있었고 아빠는 소파에 앉아 빨래를 개고 있었다. 오랜만에 보는 평범한 일상에 울컥했다.

"머리했어?"

아빠의 알은체에 엄마가 뒤돌았다. 괜스레 가슴이 뛰었다. 잠깐이지만 엄마 얼굴엔 여러 표정이 지나갔다. 의도한 건 아닌데 머리를 감고 드라이까지 마치고 나니 영락없는 언니 모습이었다.

미용실에 가는 걸 귀찮아하는 나와 다르게 언니는 2주에 한 번씩 의식을 치르는 것처럼 앞머리를 잘랐다. 시험이 끝나는 날에는 매직파마를 했다. 그런데도 아침마다 매직기로 머리를 펴는 수고를 마다하지 않았다.

나는 귀찮기도 했고 언니와 무조건 달라야 한다는 생각에 머리를 짧게 자르곤 했다. 한겨울에 귀가 시리다는 단점을 빼고는 세상 편한 머리였다. 어쨌든 언니와 난 머리 모양 하나도 성격처럼 극과 극을 달랐다. 덕분에 주변 사람들은 판박이 일란성 쌍둥이를 쉽게 구분할 수 있었다.

초등학교에 입학하기 전까지, 그러니까 우리가 목소리를 내기 전까지는 엄마 뜻대로 꾸며졌다. 여느 쌍둥이들처럼 똑같은 색과 디자인의 옷과 신발에, 똑같은 머리 모양과 액세서리까지 했다. 사람들은 다른 그림을 찾는 것처럼 우리를 번갈아 보았다. 하지만 초등학교에 들어가고 스타일에 대한 결정권을 가지면서 언니는 어깨 길이의 단발머리를, 나는 쇼트커트를 고수했다. 그런 내가 언니와 똑같은 모습으로 나타났으니 엄마 아빠가 놀랄 만했다.

저녁상이 차려지고 우리는 말없이 밥을 먹었다. 낮에 미용실에서 먹은 김밥이 짰는지 자꾸만 목이 탔다. 나는 숟가락을 내려놓고 컵에 물을 따라 마셨다.

"방학했지? 내가 바빠서 휴가도 못 가겠구나."

아빠 목소리는 무미건조했다. 하지만 적막한 분위기를 깨기 위해 어렵게 꺼낸 말이라는 것쯤은 안다.

"괜찮아. 학교 가서 자율 학습 할 거야. 도서관에도 가고 인강도 들어야 해서 바빠."

거짓말이 술술 나왔다. 엄마가 고개를 들어 나를 바라보았다. 엄마가 저렇게 빤히 내 얼굴을 바라볼 때면 가슴이 철렁한다. 엄마가 무슨 생각을 하고 있을지 겁이 난다.

"내 머리 어때? 어색하네."

나는 머리끝을 손으로 만지작대며 화제를 돌렸다.

"우리 딸, 예쁘네."

모처럼 아빠가 웃었다. 비록 억지웃음일지는 몰라도 웃어 보였다는 게 중요하다. 눈 밑이 뜨거워지는 걸 억지로 참았다. 아빠는 무리하지 말라는 말을 하더니 자리에서 일어났다. 엄마와 나도 기다렸다는 듯이 따라 일어났다. 참 불편한 저녁 식사였다.

나는 엄마를 도와 저녁상을 정리한 뒤 양치를 하려고 화장실에 갔다. 오늘따라 유독 거울이 커 보인다. 거울 속에 윤아정, 언니가 있었다. 나는 가만히 언니를 응시했다.

6
여름 크로키

간밤엔 돌풍을 동반한 비가 억수같이 쏟아졌다. 저녁에 잠깐 집 앞 편의점에 나갔는데 우산살이 휘어질 정도로 바람이 강했다. 새벽엔 천둥소리에 기어이 잠에서 깨고 말았다. 머리가 아파 이마에 손을 대 보니 미열이 있었다. 해열제를 찾아 먹을까 하다가 그만두고 물 한 잔 마시려고 거실로 나갔다.

번쩍!

순간적으로 시야가 환해지더니 집을 반으로 쪼갤 것 같은 천둥이 쳤다. 깜짝이야! 천둥 때문에 놀라고 소파에 앉아 있는 엄마 때문에 더 놀랐다. 엄마는 번개와 천둥 따위는 상관없는 듯, 아니면 보이지 않는 듯 하염없이 창밖을 바라보고 있었다.

팔뚝에 소름이 올라오면서 갈증이 싹 가셨다. 이런 꼴로 엄마와 대면하고 싶지 않았다. 내가 아프다는 걸 엄마가 알아줬으면 하는 마음과 비 오는 날마다 잠 못 이루는 내 모습을 들키고 싶지 않은 마음이 뒤섞였다. 엄마와 눈이 마주쳤다.

"아정이……."

작게 말했지만 분명 언니 이름이었다. 등줄기에 남아 있던 식은땀이 순식간에 날아갔다. 내 이름도 아닌데 이렇게 바로 반응하는 내가 싫다. 엄마는 나를 언니로 착각했을까? 아니면 그냥 언니 이름이 나온 것일까? 묻고 싶었지만 그 말을 꿀꺽 삼켰다.

방학이지만 학교에서 자율 학습을 한다고 거짓말을 했기 때문에 집에서 일찍 나와야 했다. 어디로 갈까……, 아니 가야 할까. 요즘따라 무엇 하나 시원하게 결정 내릴 수 있는 일이 없다. 나는 무작정 걷기 시작했다. 문득 오늘이 토요일이라는 것을 깨달았다. 자연스럽게 그곳이 떠올랐다.

가까이에 버스 정류장이 있었지만 지나쳐 전철역으로 방향을 틀었다. 예전에는 답답한 전철보다 버스를 좋아했다. 버스 맨 뒷자리에 앉아 창으로 들어오는 바람을 맞으면 꼭 소풍을 가는 것 같았다. 하지만 이제 그 소풍은 두 번 다시 못 가게 될 것이다. 언니 사고 이후 버스를 보는 것도 고역이다.

전철을 40여 분 타고 역에서 빠져나와 횡단보도 앞에 섰다. 신호가 바뀌기를 기다리는 사람들은 머리 위로 쏟아지는 햇빛에 얼굴을 잔뜩 찡그리고 있었다. 신호가 바뀌어 사람들을 따라 4차선 도로를 건너 골목길로 접어들었다. 상가도 많고 지나다니는 사람도 많은, 북적북적한 큰길가와는 다르게 조용한 주택가가 이어졌다. 길 하나에 세계가 달라진 것 같았다.

오래된 주택가 곳곳에는 재개발을 축하하는 색 바래고 찢어진 플래카드가 걸려 있었다. 인터넷에서 찾아보니 이곳도 서울 곳곳에 재개발 바람이 불 때 지정이 되었다가 여태까지 그대로 남아 있는 곳이었다. 그래서인지 어딘지 모르게 어수선하고 스산해 보이기도 했다.

얼마 가지 않아 야트막하게 오르막길이 시작되었고 중간중간 골목길이 뻗어 나갔다. 작은 상점들이 자리 잡은 길에는 세월의 더께를 입은 집들이 옹기종기 들어차 있었다. 언니는 무슨 생각을 하며 이곳을 걸었을까? 공부할 시간도 빠듯했을 텐데 그림이라니. 다시 생각해도 이해가 되지 않았다.

2주 전 처음 왔던 그날처럼 오래된 4층짜리 건물 앞에 섰다. 오고야 만 것이다. 빛바랜 흰색 건물 1층엔 정수기 회사가 있고, 2층은 학습지 회사 사무실, 3층은 화실, 4층은 현 샘의 살림집이다. 현 샘의 아버지가 돌아가시면서 물려준 건물이라고, 보미는 시시콜콜한 것까지 내게 말했다. 나에 대한 의심 없이 살갑게 대하는 걸 보면 언니와 꽤 가깝게 지낸 듯하다. 곁에 사람을 두지 않는 언니가 어떻게, 얼마나 가깝게 지낸 걸까?

윤아진, 왜 또 온 거니? 갈 곳이 없어서? 그림이 그리고 싶어서? 아니, 난 처음으로 윤아정, 언니가 궁금해졌다. 미용실에서 언니처럼 머리를 한 것도, 엄마가 나를 언니 이름으로 부른 것도 우연이 아니었을지 모른다. 나는 언니가 되어 언니의 삶을, 어쩌면 내가 알고 있는 언니 모습이 전부가 아니라는 것을 이해해 보고 싶었다.

무엇보다 난 살기 위해서 뭐라도 해야 할 것 같았다. 내가 살기 위해서. 난 매 순간 죽고 싶다고 생각하면서도 그만큼 아니 더 처절하게 살고 싶었는지 모르겠다.

길게 한숨을 내뱉고는 한 발 한 발 계단을 올랐다.

이곳 '토요일, 그리다'는 입시 학원이라기보다는 화실에 가까웠다. 수강료도 자리 이용료 정도였다. 적은 수강료를 내고 자유롭게 다니면 되는 곳이다. 현 샘은 현 샘대로 자신의 그림을 그리면서 아이들의 작품을 봐주곤 한다. 화실이 가까워질수록 가슴이 쿵쿵 뛰며 묘한 긴장감이 들었다. 천천히 문을 열었다.

지난번과 같은 멤버가 모여 있었다. 짧은 인사가 오간 뒤 바로 모임이 시작되었다.

'여름'

오늘 크로키 모임의 주제다. 오늘 모임의 이끔이는 현서다. 현서가 각자 세 장씩 색종이로 만든 카드를 나눠 주었다.

"나눠 드린 카드에 여름 하면 떠오르는 것을 적어 주세요. 시간은 1분 드려요."

현서는 바로 타이머를 작동시켰다. 조금 전까지 웃고 떠들던 사람들이 맞나 싶을 정도로 진지했다.

여름이라……. 그사이 계절이 바뀌어 있었다. 언니가 가던 날은 개나리와 벚꽃이 흐드러지게 피었다. 꽃이 눈치 없이 예쁘게 피어서 화가 났다. 그 뒤로 다른 계절, 다음 계절은 생각지도 못했는데. 봄, 개나리, 벚꽃, 비, 언니, 교통사고, 생일, 케이크……. 자꾸만 그날로 돌아가고 있었다.

결국 나는 한 글자도 쓰지 못했다. 오랜만에 해서 그런 거라며 보미가 위로했지만 내가 너무 바보 같고 한심했다.

각자 쓴 카드를 현서가 준비한 작은 주머니 안에 집어넣었다. 주머니가 꽤 볼록해졌다. 현서가 카드 한 장을 뽑아 제시하면 1분 크로키를 하는 것이다. 스케치북을 펴고 연필을 쥐었다.

'수영'

비교적 어렵지 않은 단어로 시작되었다. 하지만 눈으로 보고 그리는 게 아니라 머릿속에 상상한 것을 옮기는 작업이라 더 어려웠다. 서둘러 손을 움직였다.

바다, 서핑, 장마, 우산 등 초등학교 때 받아쓰기를 하는 것처럼 단어가 쏟아졌다. 처음에는 잘 그려야 한다는 강박감에 이런저런 생각을 하며 손을 움직였다. 하지만 생각한 것의 반의반도 그려지지 않았다.

온전히 단어에 집중해야 했다. 연필 끝에서 해바라기가 나오고 수박이 나왔다. 급하게 그리다 보니 지우개를 어디에 두었는지 생각나지 않았다. 필통을 헤집고 있을 때 규현 오빠가 지우개를 건넸다.

"이거 너 써. 난 또 있으니까."

급한 마음에 고맙다는 말도 못 했다.

열 개의 단어가 나오고, 대략 15분의 시간이 지나서야 제대로 숨을 쉴 수 있었다. 다른 사람들도 기운이 빠진 모습이었다.

크로키는 계속됐다. 나야 여전히 버벅대지만 사람들은 1분 크로키를 해서 그런지 3분, 5분 그리기에서는 여유가 느껴졌다. 파스텔이나 콩테, 색연필로 색을 입히기도 했다.

"끝났다!"

보미가 크게 기지개를 켰다. 힘들지만 만족스러움이 가득한 얼굴이었다. 나도 손목을 돌려 스트레칭을 했다.

"마음에 드는 그림들을 올려 볼까?"

현 샘의 말에 각자 스무 장은 되는 그림에서 두세 장씩을 골라 테이블에 올려놓았다. 내 그림은 낙서 수준이라 내놓을 게 없었지만 1분 크로키 때 그린 파도 그림을 내놓았다.

서른여 장의 그림이 테이블에 펼쳐졌다.

"이 그림의 공통점이 뭘까?"

현 샘이 팔짱을 끼고 작품과 사람들을 번갈아 바라보았다.

"잘 그렸어요."

보미가 손을 번쩍 들고 대답했다. 다들 보미 말에 쿡쿡댔다. 경직된 분위기를 자연스레 풀어내는 재주가 있는 아이다.

"정답이네."

현 샘 말에 보미가 손으로 브이 자를 하며 웃었다.

"보미 말대로 다들 잘 그렸어. 이 작품의 공통점은 1분 크로키 때 그린 그림이 많다는 거 아닐까?"

신기하게도 현 샘 말처럼 절반 이상이 1분 크로키 때 그린 거였다.

"연필이 몇 번 지나가지 않았지만 정밀화보다 더 생동감 있게 보이지 않아? 크로키에서 가장 중요한 건 포인트를 잡는 거지. 그 포인트를 얼마나 정확하게 살아 있게 표현하느냐가 관건이고."

대충 그린 것 같은데 희한하게 역동감이 느껴졌다. 파도는 스케치북을 뚫고 나올 것처럼 너울댔고 수영하는 사람의 손끝에서는 긴장감이 보였다.

"난 1분 크로키가 가장 매력 있더라. 뭘 감추고 덮을 틈이 없잖아. 일단 그림을 완성하려면 생각이고 뭐고 할 거 없이 손을 움직여야 하니까."

현 샘이 나와 눈이 마주치자 윙크를 했다. 마치 '너도 그렇게 생각하지?'라고 동의를 구하는 것 같았다.

크로키 자체도 좋지만 다른 생각을 할 수 없다는 게 더 좋았다. 바쁘게 손을 놀릴수록 머리는 쉬는 느낌을 받았다. 온종일 크로키를 하면 마음이 가벼워질까?

옥상에서 이른 저녁을 먹기로 했다.

옥상에 올라오니 발아래 동네가 펼쳐졌다. 화려한 고층 아파트들 사이에 있지만 고고하게 존재감을 뽐내고 있었다. 마치 혈관처럼 이리저리 뻗어 있는 크고 작은 골목들, 옥상 장독대에 놓인 항아리와 빨랫줄에 널어놓은 이불까지 한눈에 들어왔다.

무엇보다 높은 곳에 올라오니 하늘과 가까워져서 좋았다. 고층 아파트에서 통유리를 통해 바라보는 세상과는 차원이 달랐다. 가슴이 탁 트였다. 시원한 공기를 다 빨아들일 것처럼 숨을 들이마셨다.

"여기 좋지?"

규현 오빠였다. 오빠의 시선은 하늘 어딘가를 향해 있었다. 표정은 건조했지만 목소리는 다정했다. 차가워 보이는 첫인상과 다르게 친절

한 사람이었다. 나는 대답 대신에 하늘을 바라보았다. 멋진 풍경 앞에서 어떤 말이 필요할까.

옥상 한가운데 평상이 펼쳐졌다. 모두가 익숙한 듯 할 일을 척척 했다. 평상에 신문지를 깔고 휴대용 가스버너 두 개를 놓았다. 현 샘이 삼겹살을 들고 오자 모두가 한마음으로 손뼉을 쳤다.

"우와, 고기님!"

성민이는 장난스럽게 두 손을 모았다. 삼겹살에 즉석밥, 김치가 전부인 저녁상이었지만 그 어떤 진수성찬이 부럽지 않을 만큼 사람들의 표정은 만족스러웠다. 채솟값이 금값이라 상추를 사지 못했다는 현 샘 말에 성민이는 삼겹살에 삼겹살을 싸 먹으며 아무 문제 없다는 듯 어깨를 으쓱했다.

"맛있지?"

보미 말에 난 웃으며 콜라를 컵에 따라 건넸다. 묵은지에 싸 먹는 삼겹살은 정말 맛있었다. 먹을 거라면 특히 고기라면 자다가도 벌떡 일어나 먹던, 아침 공복에 삼겹살은 보약이라는 말로 가족들을 공포에 몰아넣던 내가 입맛이 없어졌다. 다이어트를 한 것처럼 살이 빠졌다. 살이 빠지자 언니와 더 똑같아졌지만. 하아, 내가 또 이런다.

"샘, 방학이니까 매일 와도 되죠?"

보미가 티슈로 입을 톡톡 두드리며 말했다.

"왜? 설마 매일 오려고?"

현 샘이 답을 알고 있다는 듯이 물었다. 보미가 고개를 크게 끄덕였다.

"매일 와도 수강료는 그대로인 거죠?"

현서는 얄미울 만큼 말투도 참 똑 부러진다.

"뭘 새삼스럽게. 더 달라고 하면 줄 거고?"

"아뇨. 그래도 확실히 해야 하니까요."

"다음 주부터 토요일에 초등학생들 미술 수업이 있어. 여기 동네 아이들이야. 방학 동안만 이해해 주라."

"네! 이해할게요. 고맙습니다."

현서는 언뜻 차가운 것 같지만 예의 있는 아이다.

"청소도 잘할게요."

보미가 싱글벙글하며 말했다. 현서가 보미 등을 토닥였다.

이곳은 아이들의 아지트 같았다. 마음껏 그림을 그리고 이야기를 나누고 함께 밥을 먹는 곳. 믿어지지 않지만 언니가 이곳에 있었다.

"샘! 올해는 1박 2일 여행 가는 거죠?"

성민이가 입안 가득 고기를 넣고 우물거리며 말했다.

"야아! 더러워. 먹으면서 얘기하지 말라고 했지?"

현서가 질색하며 옆에 앉은 성민이를 밀쳤다. 그 바람에 성민이는 웃음이 터져 손으로 입을 가리며 어쩔 줄 몰라 했다. 현서는 그런 성민이를 새침하게 보며 고개를 절레절레 흔들었다.

"가요. 약속 지켜요."

"맞아요. 불쌍한 고딩들 구제 좀 해 주세요."

성민이와 보미는 마치 짠 것처럼 죽이 맞았다. 아마도 올해는 화실 사람들끼리 여행을 가기로 했나 보다.

"스케치 여행 가면 되겠네요."

현서가 뭐 그런 거로 고민하느냐는 투로 툭 던졌다. 성민이는 양손 엄지 척을 하며 현서를 치켜세웠다.

"좋아. 대신에 부모님 허락 꼭 받아야 하고."

현 샘 말에 성민이와 보미, 현서가 손뼉을 쳤다. 유영 언니와 지호 오빠도 도로 고딩이 된 것처럼 아이들과 똑같이 좋아했다. 평소 무표정한 규현 오빠 얼굴에도 미소가 번졌다.

함께 먹는 밥은 맛있었고 웃음소리는 높아졌다. 그런데도 나는 문득문득 외로웠다. 내가 웃는다는 게 가식적으로 느껴졌다. 뭔가 애를 써야 할 것만 같은 기분, 버겁다. 그런 기운이 또 한 사람, 가까이에서 느껴졌다. 규현 오빠였다. 어느새 평상에서 벗어나 옥상 난간에 몸을 기대고 하늘을 바라보고 있었다.

오빠의 시선이 닿는 곳, 하늘이 천천히 물들고 있었다. 어느 한 가지 색으로 규정할 수 없는 다양한 색깔들이 오묘하게 섞여 들었다. 언니도 저기 어딘가에서 편히 쉬고 있을까? 내가 언제부터 언니를 살갑게 여겼다고 문득문득 이런 생각을 하는지 모르겠다. 위선자 같다.

"아정 언니, 내 말 안 들려?"

멍하니 바라보던 하늘에서 눈을 떼고 고개를 돌렸다. 보미가 눈을 동그랗게 뜨고 나를 바라본다. 또다시 내가 내 이름이 아닌 언니 이름, 윤아정으로 이곳에 있다는 걸 실감한다.

"무슨 생각을 그렇게 해?"

"그냥……. 동네랑 하늘이랑 봤어."

"하긴. 언니 여기 좋아했잖아."

"그래?"

“언니 왜 남 얘기 하는 것처럼 그래. 오랜만에 와서 그런가?”

보미가 재미있다는 듯 빙그레 웃는다. 나는 하늘을 다시 올려다보았다. 언니가 이곳을 좋아했다니, 다행이다. 나도 이곳을 좋아하게 될 것 같다. 저녁 바람이 불고 있다.

“이런 멋진 풍경을 눈에만 담을 거야? 고기도 먹었으니 그림 좀 그려 볼까?”

성민이가 옥상 난간에 스케치북을 펼쳐놓았다.

“누가 보면 우리가 고기 다 먹은 줄 알겠어. 오빠가 제일 많이 먹었잖아.”

보미는 성민이랑 한 살 차이인데 이럴 때 보면 한참 어린 동생 같다. 집에서 무척 사랑을 많이 받고 자랐을 것 같다. 성민이는 허허허, 웃었다.

유영 언니와 지호 오빠는 하늘을 배경 삼아 함께 셀카를 찍었다. 나는 스케치북에 풍경을 담는 대신 눈에 담기로 했다. 이제껏 한번도 제대로 하늘을 본 적이 없었다. 더구나 해 저무는 하늘은.

“아름답지?”

어느새 현 샘이 곁에 와 있었다.

"하늘은 자연에서 찾을 수 있는 가장 크고 아름다운 대상이지. 그래서인지 사람이 막 겸손해진다니까."

어떤 대답을 듣고자 하는 말이 아니기에 나는 고개를 끄덕이며 시선을 계속해서 하늘에 두었다.

"여긴 공짜야. 마음껏 와서 봐도 돼."

"샘이 거 누구냐, 대동강 물 돈 받고 팔았던. 뭐 그런 사람이에요? 공짜라고 하게?"

어느 틈에 보미가 끼어들며 우스갯소리를 한다. 좀 전까지 유영 언니와 지호 오빠 틈에 끼어 사진을 찍고 있었는데.

"봉이 김선달."

현서는 관심 없는 척, 안 듣는 척하면서 다 듣고 있다. 보미는 맞다 맞다, 손뼉까지 치며 재밌어했다. 어느새 내 주위로 빙 둘러선 사람들. 하늘도 물들고 나도 이곳에 물들고 있었다. 모두의 웃음소리가 하늘로 퍼졌다.

7
너무 애쓰지 마

오늘도 어김없이 눈을 뜨니 아침 6시다. 예전 같으면 있을 수 없는 일이다. 알람을 여러 개 맞춰도 소용없었으니까. 어쩌다 일찍 일어나면 “네가 웬일이야, 보는 사람 놀라니까 안 하던 짓 하지 마.” 하며 언니는 나를 반찬 삼아 밥 반 공기를 뚝딱 해치웠다. 눈 뜨자마자 언니 생각부터 드는 거, 싫다. 그러면서도 어쩌다 내가 언니를 떠올리지 않고 있다는 생각이 들면 나 자신이 또 그렇게 한심할 수가 없다.

엄마는 조금씩 예전의 엄마로 돌아가고 있다. 식사를 챙기고 집 안 청소를 시작했고 며칠 전엔 미용실에 가서 머리도 자르고 왔다.

“학교 공부로만 될까? 엄마가 학원 알아봐 줄까?”

아침 식탁 앞에서 엄마가 물었다. 나는 엄마 얼굴을 빤히 바라보았다. 이게 엄마 모습이지, 싶었다.

"아직은 그렇지?"

엄마 눈동자가 불안하게 흔들렸다.

모두가 괜찮은 척, 아닌 척 애쓰고 있다. 비어 있는 의자 하나, 언니가 없는 공백이 지나치게 크고 깊다.

"노력해 보자."

자문자답. 그런데 우리는 뭘 더 어떻게 노력해야 하는 걸까.

아빠와 함께 집을 나섰다.

"데려다줄까?"

"아니."

"그래. 저녁에 보자."

아빠는 차를 세워 둔 주차장 쪽으로 몸을 틀었다. 뒤돌아 버스 정류장 쪽으로 갈 때였다.

"아진아."

아빠 목소리에 무슨 일인가 싶어 몸을 돌렸다.

"너무 애쓰지 마."

무언가로 머리를 한 대 세게 맞은 느낌.

"아빠도."

가족끼리 이런 무게의 대화를 해야 한다는 게 슬프다. 아빠가 애써 웃음을 짓고는 주차장 안으로 사라졌다.

정해진 시간에 일어나 아침을 먹고 옷을 갈아입는, 누구나 하는 평범한 일상을 소화하기 위해서는 부단한 노력을 해야 한다는 걸 아빠 역시 알고 있다. 먼저 말을 꺼내 주어서 고마웠다.

화실엔 11시쯤에 도착하도록 근처 도서관에서 시간을 보냈다. 이른 아침이지만 열람실엔 사람들이 제법 많았다. 리모델링을 했는지 허름한 건물 겉모습과 달리 세련되고 깨끗했다. 밖이 환하게 보이는 창가 자리에 앉아 멍하니 있는 게 내 아침 일과 중 가장 중요한 시간이다.

화실에 도착하니 오늘도 현서가 가장 먼저 나와 있다. 어제부터 물감으로 채색 작업을 시작했다. 방학 때 몰리는 공모전에 출품하려고 꽤 이른 시간에 와서 그림을 그리고 있다. 나는 조용히 구석 자리에 이젤을 펴고 앉았다. 곧이어 도착한 성민이와 보미도 인사만 하고 바로 작업을 이어 갔다. 규현 오빠는 오늘도 편의점 일 때문에 오후에

나 얼굴을 비칠 것이다. 유영 언니와 지호 오빠도 아르바이트 때문에 띄엄띄엄 오고 있다.

며칠 동안 선 긋기만 하다가 오늘은 무언가를 그려 보기로 마음먹었다. 우산꽂이에 꽂혀 있는 우산을 그리기 시작했다. 접힌 우산의 전체적인 윤곽을 그린 뒤 주름 하나하나를 세밀하게 그려 나갔다.

오전 작업을 한 시간쯤 하고 나서는 함께 점심을 먹고 옥상에 잠깐 올라갔다가 다시 오후 작업을 한다. 저녁도 이곳에서 해결하고 가거나 편의점에 들러 간단히 먹고 집에 가는 날이 많았다.

그림이 마음에 들지 않아 지우개로 지우기 일쑤였다.

"아직 선이 경직되어 있어. 망칠 수도 있다는 마음의 여유를 가져. 잘 그려지면 좋고, 안 그려지면 말고. 안 그래?"

현 샘이 내 그림을 보며 말했다.

"특히나 윤곽 부분은 이렇게 힘 있게 그어야지."

내 그림에 샘이 몇 번 선을 긋자 신기하게도 그림에 생동감이 일었다. 금방이라도 우산이 툭 하고 펼쳐질 것 같았다. 오, 나도 모르게 감탄사가 나왔다. 현 샘이 턱수염을 만지며 만족해했다.

"더 감동하게 해 줘? 여기 말이야. 이렇게."

현 샘이 옅은 선을 손가락 끝으로 살살 문질러 번지게 했다. 그럴듯하게 명암이 생겼다.

"샘, 신기하지 않아요? 분명 그림에 허점은 많은데 그래서 인간적으로 보이는 것 같아요."

어느 틈에 성민이와 보미 그리고 현서까지 내 뒤에 서 있었다. 성민이 말에 보미가 엄지 척을 했다. 지겹도록 선만 긋는 걸 보다가 모처럼 형태가 잡힌 그림을 보니 모두가 궁금했나 보다.

"그러고 보니 크로키만 보다가 정식으로 보는 건 처음이네. 나쁘지 않다."

현서는 제 할 말을 마치고 자리로 돌아갔다. 내 노력이 헛되지 않아 다행이었다.

"나쁘지 않다는 건 꽤 괜찮다는 얘기야."

보미가 내 귀에 대고 속닥거렸다. 현서 말에 내가 마음 상했을까 봐 챙기는 거다.

"알아."

내 대답을 듣고서야 보미는 활짝 웃었다.

"기술적인 건 분명 부족한데 이런 부분은 선의 강약이 살아 있잖

아. 리듬감도 느껴지고."

현 샘의 계속되는 칭찬에 몸 둘 바를 모르겠다.

"전 그냥 그린 건데……."

쑥스러워 어디로든 숨고 싶었다.

"맞아. 그걸 무의식이라고 해. 너무 잘 그리겠다고 의식하고 그리면 오히려 의도했던 것보다 훨씬 못한 그림이 나오거든. 욕심을 내지 말고 단순하게 생각하고 그려 봐. 복잡하면 머리만 아파. 자, 이상."

현 샘이 손뼉을 두 번 치고는 자기 자리로 돌아갔다.

늘 이런 식으로 자유롭게 수업 아닌 수업이 이루어졌다. 서로의 작품을 감상하고 느낀 점을 이야기하거나 궁금한 것을 물어보았다. 현 샘이 많이 하는 말은 '망가지는 것을 두려워하지 마라.' '단순하게 생각해라.'였다. 별것 아닌 것 같아도 큰 힘이 되는 말이다.

우산꽂이에 있던 우산을 꺼내어 활짝 폈다. 노란색 해바라기 같았다. 손잡이에 스티커가 붙어 있었다.

'정'

이 우산이 언니 거였구나. 어이없는 곳, 어이없는 상황에서 어이없게 눈물이 터지려고 한다. 난 울 자격도 없는데 말이다. 나는 도로 우산을 접어 제자리에 두고는 내 자리로 돌아왔다.

화실에서 5시쯤 아이들과 함께 나왔다. 보통 때라면 규현 오빠가 일하는 편의점에 들러 이런저런 간식으로 배를 채울 텐데 오늘은 현 샘이 피자를 사 주었다. 배부른 아이들은 편의점에 들르지 않았고 제 갈 길을 갔다. 예술계를 지망하는 고등학생은 학교 성적과 실기라는 두 마리 토끼를 잡아야 해서 더 바쁘고 치열하다. 지금 이 아이들은 또 다른 학원에 가서 기를 쓰며 공부할 것이다. 그림을 좋아하지 않는다면 절대 견딜 수 없는 스케줄이다.

나는 몇 걸음 가지 않아 방향을 돌렸다. 화실로 달려가 덩그러니 남아 있을 언니 우산을 챙겨 나왔다. 마치 언니 손인 것처럼 우산 손잡이를 힘주어 잡았다.

8

괜찮지 않다

오늘은 도서관 정기 휴관일이다.

다른 도서관에 가도 되지만 마음이 내키지 않았다. 오늘 하루쯤 화실에 일찍 가는 것도 나쁘지 않을 것 같았다.

오전 9시. 화실 문은 잠겨 있었다. 어제도 늦게까지 작업했을 현 샘은 아직 꿈나라를 여행 중일 거다. 화분 밑에서 열쇠를 꺼내 문을 열었다. 번호 키와 다르게 찰칵하며 손끝에 전해지는 감각이 묘한 성취감을 준다.

문을 열고 들어서자 밤사이 자고 있던 물감 냄새가 한꺼번에 일어났다. 커튼을 젖히고 창문을 활짝 열었다. 이른 시간의 말간 햇빛이 먼지며 물감 자국이 낭자한 바닥을 보란 듯이 비췄다.

빗자루를 들고 본격적으로 청소를 시작했다. 아이들이 오기 전에 끝낼 생각이었다. 물걸레질을 하며 곳곳의 먼지를 닦았다. 엄마가 보면 깜짝 놀라 뒤로 넘어질 일이다. 청소는 새 학기 전날이나 명절에 하는 연례행사로 여기는 내가 스스로 집도 아닌 화실을 청소하고 있으니 말이다. 언니가 머물렀던 이곳을 위해 난 무엇이라도 하고 싶었다.

창가에 어지럽게 널려 있는 미술 도구들을 깨끗하게 치웠다. 접시에 아무렇게나 놓여 있는 과일과 모형을 보기 좋게 정리했다. 그림은 창가 옆 책장 한 귀퉁이에 모아서 놓아두고 이젤은 벽면에 차례대로 기대 놓았다. 펼쳐져 있는 팔레트들은 뚜껑을 닫았다.

나는 손을 탁탁 털고 화실 중간쯤에 서서 빙 둘러보았다. 어수선한 것들이 대충 정리가 되면서 훨씬 깨끗해진 느낌이다. 현 샘이랑 아이들이 들어와서 너무 칭찬하면 부끄러운데.

"아! 뭐야!"

현서가 들어오자마자 짜증을 확 냈다. 조금 전의 내 걱정이 무색할 정도였다.

"누가 내 물건 손댔어?"

현서의 날 선 말에 뒤따라 들어온 성민이와 보미 그리고 규현 오빠까지 눈이 휘둥그레졌다. 현서가 내가 정리해 놓은 이젤과 그림들을 신경질적으로 챙겼다.

"이거 어떡할 거야. 짜증 나."

현서가 팔레트를 열어 보고는 얼굴을 구겼다. 채 마르지 않은 물감이 서로 엉겨 있었다. 확인도 제대로 안 하고 뚜껑을 덮은 내 잘못이다.

"미안해. 내가 청소한다는 게 그만……."

"네가 뭔데 남의 물건에 손을 대는데!"

현서가 금방이라도 울음을 터뜨릴 것만 같은 얼굴로 소리를 빽 질렀다. 팔레트를 쥔 손이 부들부들 떨렸다.

"모르고 그랬다잖아."

규현 오빠가 끓는 기름에 물을 부었다. 나서서 얘기해 주는 게 고맙기도 했지만 분위기가 더 험악해질 것 같아 조마조마했다.

"별것도 아닌데 왜 그래. 물감 내가 다시 짜 줄게."

성민이가 웃으며 현서 어깨에 제 팔을 걸치고 살살 달랬다.

“뭐? 넌 좋겠다. 별것도 아닌데 맨날 1등만 하니까.”

현서가 성민이 팔을 신경질적으로 치고는 화실에 찬바람을 일으키며 쌩하니 나갔다. 마침 들어오던 현 샘이 현서를 보고는 눈이 커졌다. ‘쟤, 왜 저래?’ 하는 눈치다. 성민이가 현 샘에게 윙크를 하고는 현서 뒤를 부지런히 좇아갔다.

난 잘하려고 했던 건데. 내가 뭐라고. 그제야 내 주제 파악이 되었다. 난 이곳에서 윤아진이 아니라 윤아정이다. 윤아정처럼 나서지 않고 내 할 일 하며 있었으면 이런 사달은 나지 않았을 거다. 본의 아니게 화제의 중심에 서게 되어 부끄럽고 민망했다.

“공모전이 몰리는 때라 신경이 날카로워져 있어.”

현 샘이 다가와 내 어깨를 토닥이며 말했다.

“제가 잘못한걸요.”

품은 뜻이 좋았다고 결과도 좋으리란 법은 없다.

“그래. 흐트러져 있는 것 같아도 각자 질서가 있거든. 근데 화실이 너무 더럽긴 했어.”

“맞아요. 깨끗하니까 좋은데요.”

보미는 내 기분을 풀어 주려는 듯 현 샘 말에 맞장구를 쳤다.

"자, 이제 부지런히 작업하자고. 낮에는 더워서 작업도 더디잖아."

현 샘이 바삐 자리로 돌아가 노트북을 열었다. 현 샘은 요즘 동화책 삽화 작업으로 바쁘다. 우연한 기회에 동화책 작업을 했는데 마음에 든다며 꾸준히 작업을 하고 있다.

어느새 규현 오빠랑 보미도 자리를 잡았다. 보미는 줄자와 운동화를 가지고 자기만의 방식으로 표현하고 있었다. 노란색 동그란 줄자와 남색 운동화의 곡선을 이용해 율동감을 강조하는 것이다. 스케치 때부터 끙끙대고 애를 쓰더니 제법 완성이 되어 간다. 규현 오빠는 테이블에 스케치북을 놓고 연필로만 무언가를 그리고 있었다. 모두가 금세 각자 일에 빠져들었다. 나는 딱히 그리고 싶은 게 없었다.

무작정 옥상으로 갔다. 해는 자기 일에 충실하려는 듯이 점점 뜨거워지고 있었지만 아파트촌의 더위와는 질이 달라 견딜 만했다. 동네를 내려다보니 저만치에서 성민이와 현서가 아이스크림을 입에 물고 화실 쪽으로 오고 있었다. 둘이서 옆구리를 툭툭 치며 장난을 치는 걸 보니 현서 화가 풀렸나 보다. 다행이다.

"날도 더운데 오늘 점심 냉면 어때?"

현 샘 말대로 바짝 마른 햇빛이 바스락 소리를 낼 것처럼 쨍쨍한 날씨였다.

"할머니네 가는 거죠?"

그사이 현서는 기분이 다 풀어진 모양이다. 옥상에 있다가 화실로 내려가니 현서가 아이스크림을 건넸다.

"앞으로 내 건 내가 정리할게. 애써서 청소해 줬는데, 미안."

"아니야. 내가 조심했어야 했어. 미안해."

우리는 그렇게 화해했다.

할머니네는 말 그대로 할머니 두 분이 하는 냉면집이다. 골목 안에 있는 간판도 없는 아주 작은 가게로, 아는 사람만 찾아와 먹는 그런 곳이었다.

"오늘 운이 좋네."

규현 오빠가 빙그레 웃으며 탁자에 물컵을 놓았다.

작은 가게 안이 금세 손님으로 꽉 찼다. 할머니 두 분이 냉면을 만들면 손님들이 알아서 가져다 먹었다. 나는 물냉면을 시켰다. 동치미 국물로 만들었을 물냉면은 머리카락이 쭈뼛할 정도로 시원했다.

"밥은 먹고 다니니? 삐쩍 말랐네. 이거 더 먹어라."

내가 뭐라 말할 틈도 없이 할머니가 다짜고짜 족히 한 그릇은 될 만한 양의 냉면을 내 그릇에 부었다. 콜라 리필은 해 봤어도 냉면 리필은 처음이다.

"먹고 힘내라."

할머니 말투는 무뚝뚝했지만 가슴이 뭉클할 정도로 진심이 느껴졌다.

"할머니!"

성민이가 눈을 깜박였다.

"그래. 너도 많이 먹고 쑥쑥 커라."

할머니가 웃으며 성민이 그릇에도 냉면을 부었다.

가만 보니 할머니는 이런저런 말을 하며 모두에게 냉면을 다시 채워 주고 있었다.

"마음이 헛헛하면 배가 고픈 법이야. 많이들 먹어."

할머니 말에 현서가 웃으며 성민이 팔뚝을 쳤다. 왠지 현서 웃음의 의미를 알 것 같았다.

"할머니 저는 그냥 늘 배가 고픈 것 같아요."

성민이 너스레에 식당 안에 있던 사람들이 웃음을 터뜨렸다. 현서는 배를 잡고 웃었다. 오전의 어색함을 이렇게 냉면 한 그릇으로 털어내고 있었다. 삶의 모든 문제가 이렇게 간단하게 '그냥'이라는 한 단어로 해결이 되면 얼마나 좋을까?

"살 것 같다."

냉면집을 나서며 성민이가 배를 두 손으로 장난스레 두드렸다.

"배도 부른데 천천히 걸어 볼까나."

현 샘이 뒷짐을 지고 천천히 앞장서 걸었다. 뒷덜미를 덮다 못해 사방으로 뻗친 머리카락과 색 바랜 추리닝 바지에 낡은 슬리퍼. 딱 동네 백수다. 거기다 팔자걸음까지. 그게 그렇게 편해 보일 수가 없다. 성민이와 현서는 연신 투닥대며 현 샘 뒤를 따랐다.

때로는 조용히 때로는 상큼한 웃음을 터뜨리며 동네 산책은 계속됐다.

"가위바위보!"

언덕길이 끝나는 데서 계단이 시작되고 있었다. 성민이와 현서가 그 계단에서 가위바위보를 했다. 현서가 이겼는지 제자리에서 방방 뛰더니 가벼운 발걸음으로 계단을 올라갔다. 성민이는 그런 현서를 올려다보며 웃고 있었다.

"언니, 빨리!"

어느 틈에 달려갔는지 계단 아래서 보미가 나를 향해 손짓했다.

언젠가 나도 언니를 저렇게 해맑게 불렀던 적이 있다. 계단에서 가위바위보를 할 때마다 나는 언니에게 졌고 심통이 났다. 어느 순간부터인가 언니는 계속해서 가위를 냈고 나는 언니를 금세 따라잡았다. 기분이 좋아진 나는 폴짝거리며 계단에서 뛰어다니다가 넘어졌다. 턱에서 피가 났다. 깜짝 놀란 언니가 어떻게 어른들을 불러왔는지 모르겠다. 난 우느라 정신이 없었으니까. 언니 덕분에 재빠르게 치료를 할 수 있었고 손에 과자까지 쥔 나는 눈물을 그쳤다. 지금 떠올리니 언니도 넘어져서 무릎에 피가 많이 났었는데. 흉터는 남지 않았을까. 새삼스럽게 언니에게 잘못한 것만 떠오르는지 모르겠다.

"언니!"

보미가 다시 재촉했다. 누군가가 나를 불러 준다는 것에 가슴이 벅찼다. 나는 응, 큰 소리로 대답하며 달려갔다.

자유롭게 산책을 하다가 어쩌다 보니 현 샘과 나란히 계단에 앉았다. 현 샘은 무릎에 드로잉 수첩을 펼치고 스케치를 시작했다.

내가 그림에 대해서 잘 아는 건 아니지만 현 샘 작품은 사람을 끌

어당기는 힘을 가지고 있다. 주로 연필과 목탄을 이용하는데 그 어떤 화려한 색감과 기교의 그림보다 진정성이 느껴진다고 할까.

보미 말에 따르면 현 샘은 소위 말하는 학원가에서 꽤 잘나가는 입시 미술 전문가였다. 그런데 어쩌다가 이곳으로 온 걸까? 나는 궁금하던 차에 현 샘에게 조심스럽게 물었다.

“잘나갔지. 레슨 받으려고 대기자가 줄을 설 정도였으니까. 주말도 밤도 없이 살다 보니까 건강에 이상이 오더라고.”

“지금은 괜찮으신 거죠?”

“네가 봐도 좋아 보이지?”

현 샘이 자신의 한쪽 가슴을 장난스레 주먹으로 툭툭 쳤다.

“지금 화실에 나오는 애들은 그때 인연이 지금까지 이어지고 있는 거야. 처음엔 그 아이들이 좋아서 토요일에만 화실을 개방했던 거고. 너도 여기가 마음에 드는 거지?”

“그럼요.”

나는 현 샘을 향해 웃어 보였다.

현 샘의 수첩으로 시선을 옮겼다. 현 샘은 요즘 틈날 때마다 이 동네를 그리곤 했다. 지금도 내려다보이는 지붕을 그리고 있었다.

"보는 각도에 따라 같은 건물도 달라 보이지? 이 동네가 좋은 게 그거야. 다양한 시각으로 볼 수 있다는 거. 저기 저 아파트에서는 이런 풍경 보기 쉽지 않을 거야."

"그런데 선생님은 왜 이곳을 그리는 거예요?"

"그치? 하필이면 이렇게 오래되고 낡은 곳을 말이야. 게다가 곧 재개발되어 사라질 텐데 말이지."

텔레비전에서 많이 보았다. 이런 낡은 주택가들이 점점 사라지고 있다고.

"지금의 이곳을 오래도록 기억하고 싶어서. 나중에 이 그림을 보면 이때의 나를 떠올릴 것 같아. 그림은 그리움이라잖아. 그렇기 때문에 그리는 게 아닐까? 어떻게 보면 나를 기억하는 작업도 되겠다. 너도 그런 거 있지 않아?"

"아니요. 저는 기억하고 싶지 않아서."

"그건 네 무의식이 더 강렬하게 기억하고 싶다는 뜻이 아닐까? 강한 부정은 긍정이라잖아."

현 샘이 어떻게 내 마음을 알까. 난 정말로 그날을, 그날의 언니를 기억하고 싶지 않다. 절대로 언니를 그릴 일은 없다. 괜히 현 샘하고 이야기하다가 기분만 상했다.

때마침 흩어졌던 아이들이 몰려왔다. 현 샘은 먼저 화실로 가고 우리는 자연스레 규현 오빠네 편의점으로 발길을 돌렸다. 바닥 물걸레질을 하고 있던 오빠가 우리를 보고 손을 들어 알은체했다. 우리는 아이스커피 하나씩을 사서 밖으로 나왔다.

"규현 오빠는 고3인데 방학 특강 같은 거 안 듣나 봐?"

편의점에 올 때마다 있는 걸 보면 공부하고는 담쌓은 모양이다. 내가 이런 말 할 처지는 아니지만 그래도 고3인데, 책상 앞에 앉아 있는 시늉이라도 해야 하는 거 아닌가.

"학교 안 다니는데 무슨 특강?"

보미가 빨대에서 입을 떼고 이상한 소릴 다 듣는다 싶은 얼굴로 말했다.

"아……, 맞다. 까먹었다."

나는 대충 얼버무리고 아이스커피를 벌컥벌컥 마셨다. 콜록콜록. 입안에 있던 얼음이 튀어 나가며 기침이 나왔다.

"언니도 참. 언니답지 않게. 괜찮아?"

보미가 등을 두드려 주었다. 나는 손을 내저으며 간신히 기침을 멈추고 큰 숨을 내뱉었다.

엄마 말이 틀리지 않았다. 언니와 다르게 난 칠칠맞지 못하고 덜렁대기 일쑤다. 그러니까 그날 언니한테 말도 안 되는 고집을 피웠던 거겠지.

나는 보미를 향해 고개를 끄덕였다. 차마 '괜찮다'라는 말을 내 입으로 할 용기는 없었다. 난 괜찮지 않다.

9

스케치 여행

오늘은 그리다에서 1박 2일 스케치 여행을 가기로 한 날이다. 장소는 멀지 않은 계곡으로, 기차를 타고 가기로 했다.

화실 사람들하고는 평일에도 계속 만났으니까 많이 가까워진 느낌이다. 아이들 성격이 무던하고 스스럼없기 때문이기도 하다. 물론 아이들은 나를 윤아정으로 알고 있기 때문에 마음을 놓을 순 없다. 처음부터 속이려고 했던 게 아니다. 어쩌다 보니 일이 이렇게 되었다고 말해 봤자 변명일 뿐이겠지만. 언니라면 어떻게 했을까? 그 질문이 늘 머릿속에서 떠나지 않았다. 언니가 왜 이곳에 다녔고 또 왜 그만뒀는지 알 수 없지만 분명한 건, 언니가 이곳을 좋아했을 것 같다는 느낌이다. 그래서 지금까지 내가 다니고 있는지 모르겠다.

여행을 가기로 했지만 부모님 허락을 받는 게 큰일이었다. 현 샘은 정식으로 통신문을 만들었고 부모님 사인을 받아 오라고 했다. 난감했다. 보미는 내가 가지 않으면 자신도 가지 않겠다고 엄포를 놓았다. 현서마저 "오랜만에 왔으니 가지 그래?" 하고 거들었다. 솔직히 나도 답답한 집을 떠나고 싶었다.

나는 될 대로 되라는 마음으로 아빠에게 말했다. 친구들과 1박 2일 여행을 꼭 가고 싶다고. 더 말하고 싶지 않아 하는 내 표정을 읽은 아빠는 아무것도 묻지 않았다. 비상 연락 번호를 하나 달라는 아빠에게 나는 현서 번호를 주었고 도착하면 내가 문자를 할 테니 먼저 전화를 하지 않으면 좋겠다고 했다. 아빠는 내 얼굴을 빤히 바라보다가 천천히 고개를 끄덕였다. 회사 일이 바빠서라도 아빠가 먼저 내게 전화를 걸 일은 없을 것이다. 통신문에는 내가 아빠 전화번호를 적고, 사인을 대신했다. 아빠가 어떻게 구슬렸는지 엄마는 형식적인 것만 몇 가지 물을 뿐 다른 말은 없었다.

그래도 여행 당일이 되자, 엄마는 출근하면서 발길이 떨어지지 않는지 몇 번이나 조심해서 다녀오라고 했다. 열흘 전부터 엄마는 금희 이모가 소개한 회사로 일을 다닌다.

간밤에는 여행 때문에 신경을 써서 그런지 두통과 몸살 기운이 있었다. 몇 주 동안 지내면서 화실 사람들과 친해졌다고는 해도 여행까지 가다니, 다시 생각해도 참 웃긴 일이다. 도대체 내게 무슨 일이 일어나고 있는 걸까?

늦지 않게 기차역에 도착했다. 화실 사람들은 하나같이 밝은 표정으로 모여 있었다. 기차를 타고 두 시간 넘게 가는 동안 현 샘과 규현 오빠는 창밖을 보다가 꾸벅꾸벅 졸았고 성민이와 현서는 장난스레 토닥거렸다.

"우와!"

우리는 기차에서 내리자마자 누가 먼저랄 것도 없이 동시에 기지개를 켜며 소리를 질렀다. 주위에 있던 다른 관광객들이 웃으며 우리를 쳐다보았다.

성민이 얼굴에 수염을 붙이면 이런 얼굴이 될까 싶을 정도로 닮은 성민이 작은아빠가 반갑게 맞이해 주었다. 아저씨는 성민이를 보고 얼굴이 반쪽이 되었다며 진심으로 걱정했다. 현 샘은 옆에서 허허허! 웃으며 어색하게 성민이 등을 두드렸다. 땡볕에 서 있는 게 여간 고역이 아닌데 아저씨의 성민이 걱정은 계속 이어졌다.

"저거 타면 되나요?"

현서가 모자를 고쳐 쓰며 봉고차를 가리켰다. 이럴 땐 현서의 똑 부러진 성격이 좋다. 아저씨가 당황해 하며 앞장서 걸었다.

봉고차에 올라타자마자 안전띠를 맸다.

"여행 오니까 좋다. 덥긴 하지만."

보미가 내 옆에 앉으며 말했다. 나는 에어컨을 보미 쪽으로 돌렸다. 아저씨가 시동을 걸자 등 뒤로 식은땀이 쭉 흘러내렸다. 안전띠를 잡고 하아, 하고 크게 숨을 내쉬는데 머리 위로 찬 기운이 쏟아졌다. 규현 오빠가 에어컨을 내 쪽으로 돌리고 있었다. 마치 내 마음을 읽은 것처럼 챙겨 주는 오빠가 고마웠다.

봉고차를 타고 한 시간쯤 달리자 아저씨가 말한 '힐링 펜션'이 보였다. 깔끔한 흰색 2층 건물이었다. 아저씨는 잠깐 멈추는가 싶더니 속도를 높여 지나쳤다. 서울 토박이인 아저씨는 3년 전에 하던 사업을 접고 이곳에 내려와 펜션을 시작했다고 한다.

"작은아빠, 진짜 우리 방 없는 거예요?"

성민이가 아쉬워하며 툴툴거렸다.

"여기가 구석진 동네라 손님이 별로 없었는데 얼마 전 텔레비전에 소개되면서 사람들이 많이 찾더라고. 휴가철까지 겹치면서 순식간에 방이 동이 났어. 미안해서 어쩌지?"

"아닙니다. 저희야말로 죄송하지요. 미리 연락을 드렸어야 했는데."

아저씨 말에 현 샘이 손을 내저으며 말했다.

"내가 하룻밤 잘 수 있게 준비를 해 놨으니까 거기 가 보자고. 조금만 가면 되니까."

좁은 돌길을 20분쯤 달리다 봉고차가 드디어 멈췄다. 아저씨가 재빠르게 내려 뒷문을 열어 주는데 시원한 바람이 훅 들어왔다. 이 바람과 경치가 아니었다면 억울했을 것이다.

"멋지다!"

누가 먼저랄 것도 없이 탄성이 터져 나왔다. 계곡 주변을 둘러싼 커다란 바위와 나무가 근사한 자태를 뽐내고 있었다.

"다리 건너 저쪽에 텐트를 쳐 놨어요."

아저씨 손가락 끝을 따라가니 텐트 두 개가 나란히 있었다. 텐트 두 개에 이 많은 사람이 잘 수 있을까 싶었는데 아저씨 손가락이 움직였다. 다리를 건너기 전에 오른쪽으로 50미터쯤 떨어진 곳에 캠핑카 한 대가 있었다. 캠핑카를 발견하자마자 보미가 폴짝거리며 좋아했다.

"여학생들은 캠핑카에서 자면 될 것 같아요. 내가 어렵게 하나 구해 놨지."

아저씨가 마치 캠핑카를 도깨비방망이로 뚝딱 만들기라도 한 것처럼 턱을 만지며 으스댔다. 이제껏 줄곧 심드렁해하던 현서도 이번에는 입꼬리가 귀에 걸리도록 올라갔다. 우리는 캠핑카로 달려갔다.

"나 캠핑카에서 자 보고 싶었는데."

유영 언니 말에 보미가 손뼉을 치며 격하게 반응했다. 현서는 구석구석 살피더니 마음에 들었는지 침대에 벌렁 누웠다. 나도 처음 들어와 보는데 생각보다 캠핑카 안의 공간이 크고 필요한 살림들이 갖춰져 있어 신기했다.

캠핑카에 짐을 내려놓고 나와 건너편 텐트로 갔다.

"눈으로 경치를 먹고 입으로는 맛있는 걸 먹어야지. 원래 놀러 오면 배가 더 고프다니까."

아저씨는 펜션에 우리를 재우지 못하는 게 영 미안한 모양이었다. 차가운 보리 음료와 옥수수, 해물부침개에 닭갈비까지 음식이 끝도 없이 나왔다.

"나 여기 진짜 좋아."

성민이가 남은 부침개를 입에 욱여넣으며 말했다.

"먹을 게 많아서 좋다는 거지?"

현서는 하나 남은 닭갈비 조각을 성민이 입에 넣었다. 성민이는 대답 대신에 번들거리는 입으로 열심히 우물거렸다. 이럴 때 보면 성민이가 현서 동생 같다. 티격태격하다가도 금세 알콩달콩해진다. 처음엔 어느 장단에 맞춰야 할지 곤란했는데 지금은 그냥 그러려니 하는 여유가 내게도 생겼다.

점심을 먹고 본격적으로 스케치 여행이 시작되었다. 모두 현 샘 앞으로 모였다.

"배도 부르겠다, 이렇게 좋은 경치에서 가만히 있으면 안 되겠지? 두 시간 동안 각자 마음에 드는 자리에 앉아 스케치하자. 지금 2시니까 4시에 여기서 보기로. 1등부터 3등까지 시상도 할 거야. 모두 멋진 작품 완성하길!"

현 샘이 말을 끝내고 한쪽 손을 번쩍 들었다 내렸다.

"그래. 우리가 이곳에 온 목적을 잊지 말자고."

지호 오빠가 현 샘 말을 거들었다. 지호 오빠는 늘 현 샘을 가까이서 챙긴다. 초등학교 3학년부터 현 샘에게 미술을 배웠다고 하니 10년이 되었다. 서로 얼굴만 봐도 연필 선 하나만 봐도 상대의 기분을 알 수 있을 정도라고 했다.

"오빠가 온 목적은 유영 언니랑 데이트할 수 있어서 아니야?"

보미의 짓궂은 질문에 유영 언니 볼이 발그레해졌다.

"설마?"

지호 오빠가 능글맞게 대답하고는 유영 언니 쪽으로 고개를 돌렸다. 얼굴에서 웃음이 떠나지 않았다. 사람이 사람을 저렇게 좋아할 수 있을까? 나도 누군가에게 그런 존재가 될 수 있을까? 세상에 한 명쯤은 나를 챙겨 주고 알아봐 주는 사람이 있으면 지금보다 덜 외로울 텐데. 괜스레 또 울적한 마음이 든다. 요즘 난 이렇다. 예전 같으면 별것 아니라며 넘어갔을 일들이 자꾸만 의미가 되어서 다가온다. 그러다가 누가 조금이라도 찌르면 울컥하고 눈물이 쏟아지려고 한다. 나는 이를 악물었다. 다행히 보미가 다가와 해사하게 웃으며 어서 가자고 재촉했다.

사람들은 하나둘 물가에 자리를 잡았다. 유영 언니와 지호 오빠는 건너편에 나란히 앉았다. 보미는 내 옆에 있다가 심심했는지 징검다리를 건너갔다. 현 샘과 규현 오빠는 저만치 아래까지 걸어 내려갔다.

나는 어슬렁어슬렁 물가로 갔다. 커다란 바위에 앉아 계곡물에 발을 담갔다. 등줄기를 흐르던 땀이 순간적으로 식을 정도로 차가웠다. 물이 얼마나 맑은지 작은 물고기도 보였다. 나는 손가락 끝으로 물고기들을 쫓아다녔다.

"뭘 그리는 거야?"

나는 깜짝 놀라 손가락을 얼른 물에서 뺐다. 현 샘이었다. 그사이 시간이 꽤 흐른 모양이었다. 나는 물에 젖은 손을 바지에 대충 문질러 닦았다.

"하나도 그리지 못했어요."

"뭘. 내가 보니까 열심히 그리던데."

현 샘이 조금 전까지 내가 손가락을 담그고 있던 계곡물을 눈짓으로 가리켰다. 부끄러움에 얼굴이 확 달아올랐다.

"그림을 꼭 종이에 그려야 하나. 어디에든 마음 가는 대로 그리면 되는 거지."

산적 같은 얼굴에서 어쩜 이렇게 사람 마음을 만지는 따듯한 말이

나오는지 신기한 일이다. 의도했든 아니든, 그 말이 상처 난 마음을 다독여 준다.

"뭔데요, 뭔데?"

보미가 호들갑스럽게 다가왔다. 어쩌다 보니 아직도 건너편에 있는 닭살 커플을 제외하고 다 모였다. 마지막으로 성민이가 뒤뚱뒤뚱 물살을 가르며 뛰어왔다. 그 바람에 물이 사방으로 튀었다.

"야! 박성민!"

현서 목소리가 한 옥타브 더 올라갔다.

"앗, 차가워. 오빠!"

보미가 성민이에게 장난스레 물을 튀기는 것과 동시에 서로 물을 끼얹었다. 성민이가 집중 공격 대상이었다. 현서도 바지가 다 젖는 것도 모르고 신나게 물을 뿌려 댔다. 나도 조금 전의 부끄러움은 잊은 채 사방으로 물을 뿌렸다. 공기 중으로 흩어지는 물방울이 무지갯빛으로 반짝였다. 웃음소리가 기분 좋게 퍼져 나갔다.

머리부터 발끝까지 물에 푹 젖은 우리는 커다란 바위에 삼삼오오 모여 앉아 따듯한 햇볕에 몸을 말렸다. 아침부터 서둘러 와서 그런지 몸이 노곤해지면서 자꾸만 눈이 감겼다. 평온한 시간이 잔잔하게 흘러가고 있었다.

잠깐 쉰다는 게 꽤 많은 시간이 흘렀다. 젖은 옷까지 갈아입고 나니 벌써 저녁을 준비할 때가 되었다. 스케치 시상은 가을 여행 때 하기로 했다. 좋은 경치를 보며 오감으로 느끼는 게 진짜 예술 아니냐며 성민이가 열변을 토한 결과였다.

우리는 조를 나누어 저녁을 준비했다. 고기와 소시지, 양파까지 양껏 구워 테이블에 올려놓았다. 유영 언니와 현서가 캠핑카 안에서 끓인 부대찌개까지 더해졌다. 모두가 볼이 미어지게 밥을 먹었다. 낮에 그 많은 음식을 먹은 사람들 같지 않았다.

맛있게 밥을 먹고 막간 게임으로 레몬 빨리 먹기와 팔씨름까지 하고 나자 어스름하게 어둠이 밀려왔다. 성민이와 보미가 캠프파이어를 하자고 졸라서 조촐하게 불을 피웠다. 불을 보니 갑자기 군고구마가 먹고 싶다느니 군고구마에는 김치가 제격이라느니 조금 전까지 고기를 배불리 먹은 사람들이 맞나 싶을 정도로 먹는 얘기를 하고 있을 때였다.

"생일 축하합니다. 생일 축하합니다."

지호 오빠와 보미가 캠핑카에서 생크림케이크를 들고나오며 노래를 불렀다. 유영 언니 생일이었다. 유영 언니는 마치 프러포즈를 받은 사람처럼 귀밑까지 발개지며 좋아했다.

“뭐야. 두 사람 여기서 사심 챙기기 있기 없기.”

현서는 말은 그렇게 했지만 촛불이 환한 케이크를 보며 오히려 자기가 더 감격한 표정이었다.

“미리 말했으면 선물이라도 챙겼을 텐데.”

규현 오빠가 하는 말을 보니 평소에 생일을 챙기는 분위기는 아닌가 보다. 어디까지나 여행에서 느낄 수 있는 서프라이즈 이벤트다.

유영 언니는 케이크 앞에서 잠시 눈을 감고 기도했다.

“결혼해. 결혼해.”

성민이가 외치자 옆에 앉은 보미도 거들었다. 저럴 때 보면 유영 언니와 지호 오빠보다 저 둘이 더 커플 같다.

유영 언니가 후! 하고 촛불을 껐다.

“생일 축하해, 언니. 둘이 영원히 사랑해.”

보미 말이 끝나자마자 지호 오빠와 현서가 폭죽을 터뜨렸다.

나와 언니의 멈춰 버린 생일 파티. 난 감당할 준비가 안 되어 있는데 여러 기억이 몰아쳐 왔다. 마치 그동안 잠깐씩이지만 웃고 있던 내 모습을 탓하는 것처럼.

생일, 케이크, 촛불, 영원히……. 세상에서 가장 아름다운 단어들이 밀려와 슬픔으로 목이 메었다. 이 세상에 영원한 건 없다. 아무것도.

지금 이 자리의 주인공은 유영 언니이기에 이런 내게 관심을 두는 사람은 없을 거라고 생각했는데……. 규현 오빠와 눈이 마주쳤다. 언제부터 날 보고 있었을까? 난 얼른 고개를 숙이고 마치 장작에서 나오는 연기 때문에 눈이 맵다는 듯이 괜스레 눈두덩을 만졌다.

케이크를 다 먹고도 우리는 많은 것을 또 먹었다.

"여긴 참 별이 많다."

현 샘이 몸을 한껏 뒤로 젖힌 채 하늘을 보며 말했다. 우리는 일제히 하늘로 시선을 옮겼다. 반짝반짝, 별들이 쏟아질 것처럼 빛을 내고 있었다. 그때 지나가는 별똥별 하나.

"샘, 언니, 오빠! 소원 빌었어요?"

보미가 호들갑을 떨었다.

"그러는 너는?"

유영 언니가 물었다. 언니는 지호 오빠 곁에 바짝 붙어 있었다. 누가 그랬던가. 사랑과 기침은 숨길 수 없다고. 서로를 바라보는 눈빛부터가 다르다.

"남친이요. 남친 만나게 해 달라고요."

보미는 유영 언니 말이 떨어지자마자 기다렸다는 듯이 대답했다. 우리는 보미 말에 웃음을 터뜨렸다. 24색 물감처럼 저마다 색깔이 다른 사람들이 모여 그럴싸한 그림이 만들어지고 있었다.

"언니, 또 딴생각했지?"

깜짝이야. 보미가 옆구리를 쿡 찔렀다. 가만 보면 이 아이는 모두에게 레이더를 세우고 있는 것 같다. 천성적으로 에너지가 많은 아이라고 해야 할까? 나는 그냥…… 이라는 말로 얼버무렸다. 언니가 싫어했던 말, 그냥……. 무책임한 말이라고 했던가. 결과적으로는 누가 무책임한지 모르게 됐지만.

"너야말로 딴생각 좀 그만하고."

가만히 있던 규현 오빠가 한마디 툭 뱉었고 보미는 시선을 규현 오빠에게 돌렸다.

어느새 사방에 짙은 어둠이 내려앉았다. 모두가 마치 짠 것처럼 입을 다물었다. 조용히 흐르는 계곡물 소리와 바람에 흔들리는 키 큰 나무의 서걱거림, 이름 모를 풀벌레들이 내는 소리가 주변을 꽉 채웠다.

“내일을 위해서 오늘은 이만할까?”

현 샘이 엉덩이를 툭툭 털며 자리에서 일어났다. 시간은 벌써 새벽 2시를 향해 가고 있었다. 간단히 뒷정리를 하고 잠자리로 흩어졌다. 여자들은 캠핑카로 남자들은 건너편 텐트로 들어갔다. 유영 언니와 현서가 1층에 보미와 내가 2층 침대에 자리를 잡았다. 소소한 이야기가 오고 갔고 난 자다 깨다를 반복하다가 잠에 빠져들었다. 집에서 불면의 나날을 보내던 때가 아득히 먼 옛날 같았다.

캠핑카 지붕을 무언가가 두드리는 소리에 눈을 떴다. 창문 밖은 아직 어두웠다. 나는 살그머니 일어나 캠핑카 밖으로 나갔다. 비가 추적추적 조용히 내리고 있었다. 습기를 잔뜩 머금은 공기가 뱀처럼 온몸을 휘감았다. 으스스 몸이 기분 나쁘게 떨려 왔다. 캠핑카 안으로 도로 들어가야겠다고 생각할 때 건너편 텐트에서 잠에 빠져 있을 현 샘과 규현 오빠, 지호 오빠, 성민이가 떠올랐다. 비가 많이 오는 건 아니라서 계곡물이 불어날 것 같진 않았지만 그래도 혹시 모르니까. 나는 심호흡을 하며 천천히 발을 내디뎠다. 어느 순간, 낮에는 정겨워 보이던 계곡이 시커먼 괴물이 웅크리고 있는 것처럼 보였다. 나는 고개를 흔들었다. 괴물일 리가 없잖아. 하얀색 물안개가 바닥에서부터 피어오르고 있었다. 다른 세상으로 순간 이동한 것 같은 느낌. 그날 노래방에서 나왔을 때도 이랬다. 귀가 멍하도록 퍼붓던 빗줄기, 지열이 식으면서 내뿜는 하얀색 연기. 그 시각, 언니는 연기가 되어 사라졌다.

"언니……."

눈물이 나오려고 했다. 울면 안 되는데……. 이를 악물며 버텼다. 인기척에 고개를 돌리니 규현 오빠였다. 오빠가 입고 있던 셔츠를 내 어깨에 둘러 주었다.

"괜찮아?"

오빠 말에 또 울컥했다. 나는 간신히 고개를 주억거리고 서둘러 캠핑카로 발걸음을 옮겼다. 바보 같은 모습을 다른 사람에게 보이고 싶지 않았다.

캠핑카에 들어가 옷을 갈아입고 무릎 담요를 챙겨 밖으로 나왔다. 규현 오빠에게 셔츠를 돌려주기 위해서였다. 오빠는 등을 돌리고 쪼그리고 앉아 무언가를 하고 있었다. 나는 의자에 앉아 담요를 무릎에 덮었다.

"이거 마셔."

오빠가 김이 모락모락 나는 따듯한 커피를 건넸다. 하아, 한 모금 마시니 조금씩 긴장이 풀리기 시작했다.

"고마워요."

나는 오빠에게 셔츠를 건넸다.

"나도 고마워."

오빠가 커피를 챙겨 바로 옆 의자에 앉았다. 오빠가 내게 고마울 일은 없는데 이상한 대답이었다.

"네가 힘들어하지 않았으면 좋겠다."

조금 전 상황이 궁금할 만도 한데 오빠는 아무것도 묻지 않았다. 그게 그렇게 고마웠다. 위로는 거창한 말이 필요한 일이 아닌 것 같다. 그저 곁에 있어 주는 것만으로도 힘이 된다.

비가 멎으며 서서히 먼 곳에서부터 동이 트기 시작했다. 아침은 오고 있었다.

10
다행이다

멍하니 침대에 누워 있는데 엄마가 방문을 열었다. 나는 얼른 이불을 머리끝까지 올리며 눈을 감았다.

"밥 꼭 챙겨 먹고 나가."

엄마 말에 자는 척 대답하지 않았다.

내가 고집을 피우지 않았다면, 엄마 말을 들었다면……. 엄마가 이런 나를 용서하기 위해 치열하게 견디고 있다고 생각하면 얼굴을 마주할 자신이 없다.

현관문 닫히는 소리가 들리고 나서야 내 방에서 나왔다. 식탁에는 엄마가 차려 놓은 아침밥이 있었다. 엄마는 요즘 회사 일로 바쁜 모양이다. 다행이다. 집에 혼자 남은 엄마를 생각하면 마음이 늘 무거웠다. 그런데도 엄마에게 살가운 말 한마디 건네지 못했다. 미안한 마음과 집에서 탈출하고픈 절실한 마음이 공존했기 때문이다.

스케치 여행 후, 고작 하루 만에 가는 화실이 이렇게 반가울 수 없다. 휴대폰으로 시간을 확인하니 10시가 조금 넘었다. 화실 창문이 열려 있는 것을 보니 누가 왔나 보다. 나는 바삐 계단을 올라갔다.

현서가 심각한 얼굴로 스케치북을 뚫어지게 바라보고 있었다. 들떠서 온 내가 한심하게 느껴질 정도였다.

"왔어?"

깜짝이야. 현서가 먼저 말을 걸었다. 그것도 작업하는 와중에. 간단한 인사에 마음이 따뜻해졌다. 1박 2일 스케치 여행이 우리 사이를 조금은 더 가깝게 한 것 같았다.

화실은 스케치 여행 때와는 분위기가 확연히 달라졌다. 유영 언니와 지호 오빠도 대학생 대상 공모전에 작품을 출품할 거라고 화실에서 그림을 그리다가 아르바이트하러 갔다.

현서와 성민이 역시 바쁜 고등학생 모드로 돌아갔다. 개학이 가까워지니 긴장이 되는 모양이었다. 수다쟁이 보미도 오늘만큼은 진지한 분위기에 눌린 듯 입을 다물고 붓을 놀렸다.

"여기는 좀 답답하지 않아? 앞부분하고 맞추는 게 좋을 것 같은데."

"손에 좀 더 힘을 줘 봐. 그래, 그렇게."

"흰색을 좀 더 섞는 게 어떨까?"

현 샘은 아이들 작품 하나하나를 살펴보며 조언했다.

"일부러 좀 더 두껍게 했는데. 분위기를 좀 그로테스크하게 하려고요."

"이 부분에 악센트가 들어가는 게 나을까요?"

"아무리 생각해도 흰색은 아닌 것 같아요."

현 샘과 아이들은 진지하게 대화로 풀어 나갔다. 현 샘은 정성을 다해 열심히 설명했지만 받아들이는 건 아이들 몫이었다. 설령 아이들이 잘못된 결정을 하더라도 스스로 고민하고 내린 결정이기에 후회는 없을 것이다.

나도 스케치북을 폈다. 그리다 만 그림들이 볼품없었다. 뭐 하나 끝까지 완성한 게 없다.

"오늘 뭘 그릴 거야?"

현 샘이 다가와 물었다. 나는 선뜻 대답할 수 없었다. 그러게. 오늘 난 이곳에 뭘 그리러 왔을까. 눈을 뜨면 이곳에 오고 싶다는 생각만 했지 무엇을 그리겠다는 생각은 하지 못했다.

"생각 좀 해 볼게요."

"그럴래? 마음에 와닿는 게 있겠지?"

현 샘은 오늘따라 기분이 좋아 보였다. 차림새도 깔끔하니 우리 현 샘이 맞나 싶었다. 샘은 오늘 출판사에 가서 계약서를 쓴다고 했다. 샘도 열심히 도전하는 중이다. 현 샘이 나가고 화실 안은 다시 조용해졌다.

문득 나는 앞으로……, '앞으로' 혹은 '미래'라는 말이 이렇게 낯설 수가. 목표도 목적도 없이 낙서 같은 그림만 그려도 되는 걸까? 언제까지? 나는 혼란스러운 마음에 조용히 일어나 화실에서 나왔다. 나는 이곳에 제대로 섞이지 못하고 있었다.

무작정 걷다가 발길이 멈춘 곳은 편의점 앞이었다. 고개를 쭉 빼고 유리문 안을 살피니 규현 오빠가 계산대 앞에 앉아 무언가에 열중하고 있었다. 움직이는 손 모양새를 보니 드로잉을 하는 것 같았다. 스케치 여행 이후 오빠와도 더 가까워진 느낌이었다. 이왕 온 거 음료수라도 사 먹으려고 문을 열었다. 나와 눈이 마주친 오빠가 화들짝 놀라며 계산대 위에 있던 스케치북을 아래로 치웠다. 너무 당황하니까 내가 괜히 들어온 것 같아 미안했다.

나는 아무것도 못 본 척 초코우유 하나를 계산대에 올려놓았다.

"화실엔 안 가고?"

오빠가 바코드를 찍으며 물어봤다. 힐끔 보니 계산대 아래 스케치북이 삐죽 나와 있었다. 어떤 그림이 있을지 궁금했다.

"답답해서요."

나는 어색하게 웃어 보이고는 편의점 밖으로 나와 파라솔 밑에 자리를 잡았다. 동네는 길고양이 한 마리 지나다니지 않고 조용했다. 맞은편 담장의 새빨간 장미 넝쿨에 시선을 빼앗기고 있을 때 규현 오빠가 옆에 와서 앉았다.

"내가 유치원 다닐 땐가? 집주인 할머니가 장미꽃을 애지중지하며 물 주던 때가 생각나. 그게 저렇게 자랐다."

나는 고개를 끄덕였다. 장미꽃보다 오빠가 유치원 꼬맹이였던 시절이 있었다는 게 신기했다. 오빠는 이 골목에서 나고 자랐다고 했다. 편의점도 그 옛날부터 오빠네 부모님이 하시는 곳이라고 했다. 이 동네가 얼마나 사람들로 북적였는지 그리고 오빠가 어린 시절 얼마나 악동이었는지 듣느라 시간 가는 줄 몰랐다. 소소한 이야기들이 조금 전까지 허전했던 마음을 채워 주었다.

"궁금한 거 있는데 물어봐도 돼요?"

오빠가 대답 대신에 어깨를 으쓱했다.

"학교는 왜 그만둔 거예요?"

요즘 나는 개학 이후가 걱정이다. 학교에 나가야 할지, 조금 더 쉬어야 할지, 아예 전학을 가야 할지 생각이 많다.

"믿기지 않겠지만 내가 공부 좀 했었어. 삶의 목표 없이 그저 1등이 목표가 되어 버리니, 다른 건 보이지 않는 거야. 늘 불안하고 초조하고……. 그게 쌓이고 쌓이다 보니까 어느 날 견딜 수가 없더라. 숨이 턱 막히는데 그만둘 수밖에 없었어. 나도 고민이야. 학교로 돌아갈지 아니면 검정고시를 봐야 할지."

오빠가 허공 어딘가를 응시하며 담담한 어조로 말했다.

"그러는 넌 화실 다니는 거 어때?"

"좋아요. 화실도 좋고……, 사람들도 좋고."

"다행이네."

그러고 보니 오빠는 '다행'이라는 말을 자주 쓴다. 스케치 여행을 가서도 그랬다. 보통은 감당하기 어려운 일을 어쩔 수 없이 겪었을 때 하는 말이 아닌가. 이야기를 나눌수록 무슨 사연이 있을 것 같은, 그런 느낌이다.

"어려운 일 있거나 내가 도울 일 있으면 언제든 말해."

오빠 말에 네, 라고 대답했지만 과연 내가 그럴 수 있을까? 스케치 여행에서 아주 잠깐 그런 생각을 한 적이 있다. 오빠에게 내 이야기를 털어놓으면 어떨까…….

"아정 언니, 여기 있었네?"

저만치서 보미가 어린아이처럼 깡충거리며 뛰어왔다. 그 뒤로 성민이와 현서가 천천히 걸어오고 있었다. 점심을 먹으려고 나왔나 보다. 월요일과 수요일에는 특별한 일이 없는 한 편의점에서 점심을 먹었다. 규현 오빠는 우리가 좋아하는 도시락을 따로 빼놓았다.

"오늘은 불고기 도시락인데 다들 먹을 거지?"

규현 오빠가 자리에서 일어나며 물었다.

"네."

"언니 이상해. 왜 자꾸 규현 오빠한테 존댓말 해?"

보미가 고개를 갸우뚱하며 물었다. 이런, 그 생각은 하지 못했다. 예의를 깍듯이 지키는 아정 언니라면 당연히 존댓말을 할 줄 알았다. 더구나 내 입장에서는 말을 놓는다는 게 어색했고.

"이상하긴 뭐가 이상해. 오랜만에 와서 어색하니까 그렇지. 밥들 안 먹을 거야?"

오빠가 내 마음을 읽은 것처럼 대신 대답해 주었다. 밥이라는 말에 모두가 편의점 안으로 들어갔다.

겪을수록 이곳 사람들은 다정하고 언니도 잘 어울렸던 것 같다. 그게 그렇게 다행일 수가 없다.

11
언니처럼

며칠째 여름 더위가 기승을 부리고 있다. 아스팔트 도로에서 올라오는 지열에 숨이 턱턱 막히는 날들이 이어졌다. 그래도 화실 가는 발걸음을 멈출 수 없었다.

토요일, 크로키 모임이 있는 날이다.

지난 모임 때 알려 준 주제는 '파랑'이었다. 제대로 참여하는 첫 크로키 모임이라 잘하고 싶은 마음이 컸다. 하지만 화실 근처까지 왔는데도 어떻게 표현할지 감을 못 잡고 있었다. 그때, 지나가던 남자아이 손에 들린 것을 보고 좋은 생각이 떠올랐다.

'토요일, 그리다' 모임이 시작되었다. 각자 번호표를 뽑아 모델 순서를 정했다. 나는 마지막이다. 얼마나 긴장이 되는지 가슴이 정신없이 뛰었다.

첫 순서인 현서가 쇼핑백에서 주섬주섬 파란색 얇은 스카프를 꺼냈다. 파란색 스카프를 어깨에 두르고는 앉았다 일어났다, 뛰어다니기를 반복했다. 그러고는 스카프를 쥔 손을 위로 쭉 올린 채 멈췄다. '파랑주의보'라고 했다.

"오, 역시!"

모범생다운 해석에 모두가 입을 모아 감탄했다. 폭풍 없이 해상의 파도 높이가 3미터 이상으로 예상될 때 발표하는 기상주의보라는 걸 인터넷 검색을 통해 알았다. 내가 그린 크로키는 흡사 파랑 괴물을 주의하라 같았다. 옆에 앉은 보미와 서로 그림을 보며 킥킥댔다.

보미는 손바닥에 딱풀과 사인펜을 이용해 길쭉하게 흉터 모양을 만들었다. 그러고는 파란색 물감을 흉터에 흘리며 "나는 외계인이다!" 하고 소리쳤다. 그 바람에 모두가 깔깔대며 웃었다.

우리 모임의 기대주 성민이는 얼굴에 온통 파란색 페이스 물감을 발랐다. 우리는 '스머프'라고 또박또박 입을 모아 말했다.

"라라라 라라라 라라라라라!"

성민이가 화실 안을 휘젓고 다니는 동안 우리는 노래를 불렀다. 유쾌한 시간이 잔잔하게 때로는 역동적으로 흐르고 있었다.

내 차례가 되었다. 잔뜩 기대하고 있는 사람들의 눈망울. 나는 얼른 냉장고 앞에 가서 미리 넣어 두었던 죠스바를 꺼내 이가 시린 것을 꾹 참고 허겁지겁 먹었다.

"저는 파랑 하면 죠스바가 떠올라요."

나는 '에' 하고 혀를 내밀었다. 사람들이 박장대소했다. 현서는 숨이 넘어가기 직전이었고 규현 오빠는 눈물을 닦았다. 나 역시 억지로 웃음을 찾느라 고역이었다.

"이제야 진짜 아정이 같잖아."

성민이가 낄낄대며 말했다. 나는 벌리고 있던 입을 다물었다.

'진짜 아정이'

망치로 머리를 한 대 얻어맞은 것처럼 아득해졌다. 창문을 비집고 들어오던 매미 소리도 더는 들리지 않았다.

"맞아. 예전하고 다르게 너무 말이 없고 조용해서 언니 같지 않더라니까."

"그래. 그런 면이 좀 있지."

성민이가 내 손에 들려 있던 죠스바를 가져가며 말했다.

정신을 차리고 보니 죠스바는 성민이 입속에 들어가 있었다. 성민이가 파란색으로 변한 혀를 쭉 빼고 웃었다.

새침하고 도도한 언니가 밝고 활발했다고? 윤아정, 넌 도대체 정체가 뭐니? 입에 남아 있는 죠스바 맛이 비릿하게 느껴졌다.

이후 크로키 모임이 어떻게 진행됐는지 모르겠다. 당장에 자리를 박차고 나오고 싶었지만 그러지 못하고 어색하게 시간을 보냈다. 모임이 끝나고 일이 있다는 핑계를 대고 가장 먼저 화실에서 빠져나왔다. 터덜터덜 집으로 향했다. 머리가 깨질 듯이 아팠다. 잠을 자면 좀 나아지려나. 집 앞 편의점을 지날 때였다.

"윤아진!"

누군가 내 이름을 불렀다. 깜짝 놀라 천천히 고개를 돌렸다. 선화와 동생 선미였다. 둘은 막 편의점에서 나온 모양이었다. 선화의 한쪽 손에는 선미 손이, 다른 손에는 비닐봉지가 들려 있었다.

"무슨 생각을 그렇게 해? 내가 몇 번을 불렀는데."

선화가 달려와 내 앞에 섰다. 어린 선미는 방실대며 나를 보고 웃었다.

"머리……."

선화가 위아래로 나를 훑어보았다. 나는 머리끝을 천천히 매만졌다.

"예쁘다. 나도 매직 할까?"

선화 머리는 허리까지 닿을 만큼 자라 있었다. 나랑 미용실을 다녀와서는 이제껏 한 번도 가지 않은 것 같았다. 그랬을 거다. 우리는 둘도 없는 베프였으니까.

선화는 계속해서 이런저런 이야기를 했다. 방학 보충수업의 지루함과 누가 누구를 좋아한다고 고백했다는 소식과 부모님의 잔소리가 날이 갈수록 늘어나고 있다는 등의 소소한 이야기였다. 예전이었다면 이야기 하나당 족히 두 시간은 떠들 수 있었을 것이다. 나는 중간중간 응, 그렇구나, 라는 성의 없는 대답을 했다. 서먹서먹해서 견딜 수가 없었다.

"이제 가야겠다."

내가 먼저 작별 인사를 건넸다.

"그럴래? 잘 지내."

선화 목소리가 미세하게 떨렸다. 긴장하고 있다는 뜻이다. 친구 사이에 긴장이라니. 선화가 점점 멀어졌다. 그 옆에 언니 손을 꼭 잡은 선미가 있었다.

우리 둘 다 외동딸을 부러워하던 때가 있었다. 둘이니까 지긋지긋하게 싸운다고. 지금은 그 지긋지긋한 둘이 부럽다. 나도 저렇게 언니와 손을 꼭 잡고 다니던 때가 있었는데.

원래대로라면 난 학교와 학원에 그리고 선화 옆에 있었을 거다. 수업 시간에 꾸벅꾸벅 졸다가 선생님한테 한 소리 듣고, 쉬는 시간 종이 울리자마자 빛의 속도로 매점에 가서 빵을 사 먹었을 거다. 시시껄렁한 장난을 하는 남자아이에게는 돌려차기를 하고 동네방네 떠도는 소문은 다 간섭해야 직성이 풀리던 나. 이제 나마저 그런 '윤아진'이 낯설다.

일요일이다.

할아버지 제사가 있어 할머니 댁에 온 식구가 가게 됐다. 조상의 조상의 조상까지 무슨 제사가 그렇게 많은지. 장남은 아빠인데, 아빠 대신 엄마가 앞장서 그 많은 제사를 치러야 했다.

언젠가 아빠가 고조할아버지와 고조할머니의 제사를 합치자고 말을 꺼냈는데, 엄마가 도리어 혼이 났던 적이 있다. 할머니는 할머니고 할아버지는 할아버지지, 합치긴 뭘 합치냐고 말이다. 할머니는 뒤로 넘어갈 정도로 화를 냈다. 그 뒤 엄마는 별말 없이 제사를 해치웠고 그즈음 아빠와의 사이는 냉각기가 되곤 했다.

언니 사고 직후 두 번의 제사가 있었지만 엄마는 가지 않았다. 아빠만 다녀온 모양이었다. 이번에는 작은엄마들이 준비를 다 해 놓을 테니 시간에 맞춰서만 오라고 했다. 할아버지 제사니까 빠지면 안 된다고. 할아버지는 첫 손주인 언니를 무척 아꼈다. 할머니는 아들 타령을 했지만 할아버지는 예쁜 딸이 동시에 둘이나 생겼다며 기뻐했다. 오늘은 나와 가까웠던 두 사람이 동시에 생각나는 날이다. 기분이 먹먹하다.

"우리 아진이 왔네."

"날이 갈수록 예뻐지는구나."

"못 본 사이에 키가 더 큰 것 같네."

할머니 집에 발을 들여놓자마자 작은엄마들이 평소보다 왁자하게 우리를 맞았다. 엄마에게는 쉽게 알은체하는 게 힘든지 저마다 나를 두고 한마디씩 했다. 늘 언니와 내 이름을 헷갈려 하던 둘째 작은엄마가 단박에 내 이름을 부르는 걸 보니 단단히 연습한 모양이었다.

아무튼 모두가 각자의 방식으로 다른 때보다 더 신경 쓰는 모습이 보였다. 딱 한 사람, 할머니만 빼고. 뭐가 못마땅한지 할머니는 우리를 한번 힐끔 쳐다보고는 꼬장꼬장한 말투로 작은엄마들에게 이런저런 지시를 했다.

어려서부터 난 할머니가 싫었다. 할머니가 그렇게 핀잔을 해도 묵묵히 일하는 엄마가 불쌍해 보였다. 평소에는 누구에게도 지는 법 없이 할 말 다하는 엄마가 이상하게도 할머니 앞에서는 작아졌다.

엄마는 부엌으로 가고 아빠는 작은아빠들과 담배를 피우러 밖으로 나갔다. 나는 작은방에서 게임 삼매경인 동생들 틈에 가만히 앉아 있었다.

제사는 무사히, 조용히 치러졌다. 제사상을 물리고 늦은 저녁 식사를 할 때였다.

"아진이는 얼굴이 왜 그 모양이니."

난데없이 할머니의 화살이 내게로 날아왔다. 안 그래도 깨작거리며 밥을 먹고 있던 나는 조용히 숟가락을 내려놓았다.

"애 얼굴이 그냥 반쪽이네. 반쪽이야. 지금 있는 자식까지 보낼 것도 아니고. 어미가 극성스러우니……."

쯧쯧쯧, 할머니가 혀를 차며 엄마를 못마땅하게 쳐다보았다. 옆에서 작은아빠들이 눈치를 주는데도 오히려 더 기세등등했다. 그때까지도 아빠, 엄마는 묵묵부답이었다. 상 밑에 있는 엄마의 가냘픈 손이 떨리고 있었다.

할머니는 엄마가 어디까지 버티나 보자는 심산이었는지 당최 쓸모없는 말들만 늘어놓았다.

"아들도 아니고 딸자식인데 조용히 키우다 시집이나 보내지 뭔 캠프를 보내 가지고. 내가 네 얼굴만 보면 여기서 아주 천불이 나."

할머니가 가슴을 툭툭 치며 씩씩댔다. 어쩜 저렇게 상처 되는 말만 골라 하는지 화가 나다 못해 어이가 없었다. 이미 벼랑 끝에 서 있는 사람한테 도대체 뭘 더 어쩌라는 건지.

"진짜 못 들어 주겠네. 이게 왜 엄마 잘못이에요?"

보다 못한 내가 나섰다. 평소의 나라면 좋은 게 좋은 거라고 그저 지나가기만을 바랐을 것이다.

"할머니가 하도 아들 타령을 하니까 그 잔소리 듣기 싫어서 죽었나 보죠."

할머니 얼굴이 붉으락푸르락했다. 순간 정적이 흘렀다.

"윤아진! 할머니한테 예의 없이 말버릇이 그게 뭐야!"

아빠가 큰소리로 정적을 깨뜨렸다.

"예의? 여기 있는 사람들이야말로 엄마한테 예의를 지켜야 하는 거 아니야? 지금 누가 가장 슬픈데. 엄마보다 더 아픈 사람 있어? 따지고 보면 아빠도 잘한 거 없잖아. 그깟 회사 하루 쉬고 언니 데리러 갔어도 되잖아."

꾹꾹 참아 왔던 말들이 폭포수처럼 쏟아졌다. 이 와중에도 할머니 편을 드는 아빠가 미웠다. 오히려 할머니보다 더 야속했다.

나는 그대로 자리를 박차고 나왔다.

아파트를 나서자 가방을 가지고 나오지 않았다는 게 생각났다. 도로 들어가자니 코미디가 따로 없다. 다행히 주머니에는 휴대폰이 있었고 휴대폰에 교통카드 기능이 들어 있었다. 내가 카드를 하도 자주 잃어버리니까 언니가 얘는 집은 잊어버려도 휴대폰은 절대 안 잃어버릴 거라며 해 준 덕분이었다. 그렇게 세상 혼자 똑똑한 척하더니. 나는 뜨거워지려는 코끝을 손으로 잡아 비틀었다.

끓어오르는 화를 가라앉히기 위해 무작정 큰길가로 나가 걸었다. 칙칙한 내 마음과 달리 색색의 네온사인이 어지럽게 빛나고 있었다.

열대야를 피해 밖으로 나온 사람들까지 더해져 거리는 북적이고 있었다. 이 넓은 세상에 내가 갈 곳이 없었다. 바로 집으로 가기도 싫었다. 끝없이 이어지는 소음들 속에서 나는 외로웠다.

얼마쯤 걸었을까? 힘들 때 언제든지 찾아오라는 규현 오빠 말이 생각났다. 나는 전철역 쪽으로 향했다. 오빠가 있을 편의점으로 가는 길만 생각하기로 했다.

편의점 앞에 도착해 유리문으로 흘끔 안을 보니 계산대에는 아저씨가 있었다. 오빠는 자리를 비운 모양이었다.

"너 여기서 뭐 해?"

깜짝이야. 화들짝 놀라 뒤를 돌아보았다. 규현 오빠가 머리를 갸웃했다.

"어……, 아! 산책이요. 산책."

되는대로 내뱉었는데 전혀 그럴듯하지 않았다.

"지금 이 시간에?"

"네. 산책하기 딱 좋잖아요. 시원하고 좋네요. 저 그만 갈게요. 막 돌아가려던 참이었어요."

막상 오빠를 보니 이게 웬 주책인가 싶었다. 창피해서 얼굴이 달아올랐다.

"그럼 나도 산책하지 뭐. 전철역까지만."

오빠가 앞서 걷기 시작했다. 우리는 천천히 골목을 걸었다. 어느 집에선가 흘러나오는 음악 소리, 조곤조곤 새어 나오는 목소리가 참 정감 있었다. 조금 전 할머니네서 오갔던 날 선 말들이 부끄러울 만큼.

"오늘도 덥다. 그치?"

오빠가 먼저 말을 건넸다.

"네."

"저녁은 먹었어?"

"네."

"잠은 잘 자고?"

"네."

"기분은 나아졌고?"

"네."

우리는 동시에 웃음을 터뜨렸다.

"웃었으니까 이제 됐다. 그치?"

"고마워요."

별다를 것 없는 일상의 대화가 마음을 다독여 주었다.

어느덧 전철역 앞이었다. 규현 오빠와 헤어지고 한결 나아진 마음으로 집에 도착했다.

현관에 엄마 아빠 신발이 있었다. 휴대폰에는 엄마 아빠에게서 여러 개의 부재중 전화와 문자가 와 있었다.

나는 조용히 내 방으로 들어갔다. 샤워하고 막 침대에 누우려고 할 때였다. 엄마가 야채죽을 들고 와서는 내 옆에 앉았다.

"배고프지? 너 아까 제대로 못 먹었잖아."

엄마가 죽을 한 숟가락 떠서 내밀었다.

사실 나는 죽을 좋아하지 않는다. 언니가 좋아하고 즐겨 먹었다. 스트레스성 위염이 있는 언니가 끼니를 놓치거나 밤늦게 들어오면 엄마가 죽을 만들어 주곤 했다. 몸에 좋은 거라고 나보고도 먹으라고 했지만 사양했다. 가리는 것 없이 다 잘 먹는 나였지만 씹다 만 것 같은 죽은 입에 맞지 않았다.

엄마는 내가 죽을 싫어한다는 걸 잊어버린 걸까? 모르는 걸까? 모르는 척하는 걸까? 하지만 엄마 눈빛이 간절했다. 내 얼굴을 보며 언니를 떠올리는지도 모르겠다. 평소에도 언니는 할머니의 말도 안 되는 잔소리에 똑 부러지게 제 할 말을 했다. 할머니가 아들 타령을 할 때마다 아들은 엄마가 아니라 남자인 아빠의 문제라며, 아이를 여자 혼자 갖느냐고 맞섰다. 엄마가 해 간 음식이 맛없다고 타박하면 할머니 음식보다 훨씬 맛있다고 하던 언니였다. 그때마다 난 시끄러운 분위기가 싫어서 분란을 일으키는 언니를 이해하지 못했다. 그런 내가 아슬아슬하던 분위기를 뒤엎어 놨으니 내 모습이 언니처럼 보였을 수도 있겠다.

나는 입을 크게 벌리고 언니처럼 죽을 먹었다.

12
블라인드 컨투어 드로잉

성민이가 전국 고교 미술 대회에서 최우수상을 받았다. 성민이의 기쁨이자 우리 화실의 경사였다.

"샘, 플래카드라도 걸어야 하는 거 아니에요?"

보미가 자기 일처럼 기뻐하며 목소리를 높였다.

"귀찮아. 뭐 대단한 거라고. 지금보다 인기 더 많아지면 피곤해."

현 샘은 입을 쩍 벌리고 하품을 했다. 물을 마시려는지 슬리퍼를 직직 끌고 냉장고 쪽으로 갔다.

"성민이 오면 이거나 먹을까?"

현 샘이 씩 웃으며 냉장고에서 초콜릿케이크를 꺼냈다. 무심한 척

하면서 챙길 건 다 챙기는 다정함이라니.

유영 언니와 지호 오빠가 오고 얼마 지나지 않아 성민이와 현서가 함께 들어왔다.

"오빠 축하해!"

보미가 달려가 성민이를 붙들고 신나서 말했다.

"오빠가 좋아하는 초콜릿케이크. 샘이 사셨어."

"뭘 이런 걸 다. 괜찮은데."

성민이는 말은 그렇게 했지만 케이크에서 눈을 떼지 못했다. 우리는 케이크를 나눠 먹었다.

"현서 언니, 언니 안 먹어? 빨리 와 봐."

보미가 현서를 애타게 불렀다. 테이블 위에 현서 몫의 케이크가 덩그러니 놓여 있었다. 현서는 아까부터 이젤 앞 자기 자리에 앉아 가방을 뒤적거리고 있었다.

"생각 없어."

현서 한마디에 분위기가 싸해졌다.

"그래도 오빠 축하 케이크인데……."

나는 아쉬워하는 보미 옆구리를 살짝 찔렀다. 현서 표정이 심상치 않았다.

성민이가 상을 받은 대회에 현서도 그림을 제출했다. 내는 데에 의의가 있다고 했지만 은근히 기대하는 것 같았다. 대회에서 상을 받으면 엄마한테 떵떵거릴 거라든지 여행을 갈 거라든지 하고 싶은 일이 줄지어 있는 것 같았다. 지나가는 말로 꼭 입선하고 싶은 대회라는 말도 했었다.

"다음엔 현서가 되면 좋겠다."

나는 현서가 들으라고 진심을 다해 말했다. 성민이가 됐는데 현서가 되지 말라는 법은 없으니까.

"그땐 생크림케이크 먹을까? 샘! 그때도 케이크 사 주셔야 해요."

보미가 맞장구를 쳤다. 나머지 사람들까지 거들며 화기애애한 분위기였다.

"아우, 진짜 짜증 나. 케이크 못 먹고 죽은 귀신들이냐?"

현서가 소리 나게 스케치북을 덮었다. 그러고는 가방을 들고 자리에서 벌떡 일어났다. 보미 얼굴이 굳었다. 나는 얼른 달려가 문을 열고 나가려는 현서를 붙잡았다.

"너는 그림이 웃기지? 비켜."

현서가 내 손을 뿌리치고 밖으로 나갔다. 쿵 하고 몸이 발아래로 떨어지는 것처럼 아득했다. 무슨 정신으로 자리에 돌아와 앉았는지 모르겠다. 한참이 지나도록 뛰는 가슴은 좀처럼 진정되지 않았다. 내가 아무렇지 않게 웃으면서 뱉은 말을 후회했다. 내 진심이 담겼기에 당연히 상대방도 알아줄 거라고 착각했다. 상대방의 기분 따위는 생각하지 않았다. 오만했다.

뭐든지 1등만 하는 아정 언니, 상이란 상은 자기 것인 양 다 받아오는 언니였다. 그럴 때마다 주변에서는 날 보며 너도 잘할 수 있을 거야, 쌍둥이니까 너에게도 같은 피가 흐르고 있을 거야, 하며 어쭙잖은 위로를 건넸다. 나는 웃으며 고개를 끄덕였지만 사실 속으로는 엄청 아팠다.

내 주제에 뭘 안다고. 그림도 그릴 줄 모르면서. 바보같이 언니 코스프레나 하면서 말이다. 얼굴이 달아오르도록 창피하고 숨고 싶었다.

나만 어색한 게 아니었나 보다. 모두가 어안이 벙벙한 얼굴로 입을 다물고 있었다.

"오랜만에 블라인드 컨투어 드로잉이나 해 볼까? 모두 스케치북 가지고 모여."

현 샘 말에 우리는 준비물을 챙겨 테이블로 모였다.

"대회도 끝나고 개학이 코앞이라 들뜨지? 이럴 때일수록 집중해야지. 어차피 그림 올해만 그릴 거 아니잖아."

모두가 고개를 끄덕였다.

"알고 있겠지만 블라인드 컨투어 드로잉은 스케치북을 보지 않고 사물의 테두리를 그리는 거야. 연필 끝을 보면서 그리다 보면 내 의지와 상관없이 머릿속에 있는 고정관념이 표현되지. 그걸 없애 보자는 거야. 아무 생각도 하지 말고 그저 사물을 보이는 대로만 그리기. 집중하기에도 딱 좋아. 관찰력이야 말할 것도 없고."

샘이 허공에 대고 손을 막 움직였다. 누군가 풋, 하고 웃음을 터뜨렸고 그것이 신호가 된 것처럼 사람들 표정도 풀어졌다.

"뭘 그릴까……. 그래, 자기 손부터 그려 볼까? 스케치북 보지 말고 손도 떼지 말고 한 번에 그리는 거야."

"네!"

우리는 한목소리로 씩씩하게 대답했다. 나는 가위 모양을 한 왼손을 그리기 시작했다. 눈을 손에서 뗄 수 없었기에 생각보다 집중이 필요한 작업이었다.

"자, 그만. 모두의 멋진 작품을 감상하길."

현 샘이 작품을 둘러보며 웃었다. 예상대로 아니 그 이상으로 그림은 웃겼다. 내 손은 무슨 개구리 발가락 같았다.

"어때, 사람 눈이 이렇게 무서운 거야. 보이는 것만 믿으면 안 되겠지? 자, 다음엔 단계를 훌쩍 올려서 이걸 그려 볼까?"

현 샘이 테이블 앞 화이트보드에 커다란 사진 한 장을 붙였다. 한눈에 봐도 짓궂어 보이는 남자아이 얼굴이 크게 확대된 사진인데 머리는 양 갈래로 묶고 있었다. 게다가 사진이 좀 오래된 것 같았다.

"혹시 샘 아니에요?"

지호 오빠 말에 유영 언니가 웃음을 참느라 애쓰고 있었다.

"맞네, 맞아."

성민이가 무릎을 탁 쳤다. 현 샘이 삐죽 나온 옆머리를 새침하게 귀 뒤로 넘겼다.

"그리다 최초로 내 초상화를 그리는 거니까 특별히 신경 쓰도록."

"잘 그리면 상품 있어요?"

성민이다. 초콜릿케이크로는 성이 차지 않나 보다.

"그래. 좋다. 초코파이, 어때?"

"콜! 제가 근사하게 그려 드릴게요."

성민이가 오른손을 번쩍 들었다 내렸다.

얼굴 그리기에 비하면 손 그리기는 아무것도 아니었다. 곧 망했다는 직감이 왔고 그 뒤에는 허탈한 웃음만 나왔다. 제대로 그려졌을까가 아니라 얼마나 웃길까가 관건이었다.

예상대로 그림은 엉망진창이었다. 평소 실력 좋은 성민이와 내 그림의 편차가 크지 않았다.

혹시 현서도 이런 걸까? 내 머릿속에 있는 현서 이미지로 조금 전에 있었던 일을 판단한 거다. 상을 받은 성민이를 질투해서 초콜릿케이크를 안 먹은 거라고. 그런데 보이는 그대로만 믿었다면 현서는 정말로 초콜릿케이크가 먹기 싫었을 수도 있다. 내가 만든 이미지로 해석한 것, 나의 실수다.

현서가 며칠이 지나도록 화실에 나오지 않았다. 내가 한 말 때문에 화가 많이 난 모양이었다. 얼핏 현서가 다른 미술 학원에도 다닌다는 말을 들었는데, 아무래도 찾아가 봐야 할 것 같았다. 학원 이름은 현샘을 통해 알아냈다.

화실에서 일찍 나와 한 시간가량 전철을 타고 현서가 다닌다는 학원으로 갔다.

유명한 학원 거리이니만큼 오가는 사람들과 차들로 북적였다. 현서가 다닌다는 미술 학원 앞에서 눈에 불을 켜고 현서를 기다렸다. 꽤 시간이 흘렀고 어느새 학원 앞은 한산해졌다.

아무래도 오늘 현서를 만나긴 힘들 것 같았다. 아쉬운 마음에 발길을 돌리려고 할 때였다. 현서가 느릿느릿 학원을 빠져나오고 있었다.

"현서야!"

현서가 깜짝 놀란 얼굴로 나를 바라보았다.

"설마, 너 나 기다린 거야? 왜?"

현서가 의아해하며 물었다. 보기 싫다고 하거나 아니면 알은체도 안 하고 제 갈 길을 갈 줄 알았는데 다행이었다.

"저녁 안 먹었지?"

현서는 고개를 끄덕였고 우리는 가까운 햄버거 가게에 들어갔다. 우리 앞에는 햄버거 두 개와 감자튀김 하나, 콜라 두 잔이 놓였다. 누가 먼저랄 것도 없이 콜라를 쭉 들이켰다. 우리는 한동안 말없이 먹기만 했다. 감자튀김이 두어 개 남았을 때 현서가 물었다.

"설마 진짜로 나랑 저녁 먹으려고 이 먼 곳에 온 건 아닐 테고. 무슨 일이야?"

나는 민망한 마음에 빈 컵만 만지작댔다. 마른침을 삼키고 입을 열었다.

"성민이 축하 파티 하던 날, 내가 너무 경솔했어."

"아……. 성민이 다음엔 내가 받으면 된다는 얘기? 사실 좋은 얘긴데……. 내가 속이 좁았어. 너한테만 얘기하는 건데 나도 많이 기대했거든. 열심히 준비도 했고."

현서가 탁자 위 얼룩을 손톱으로 문지르며 말했다.

내가 보기에도 현서는 정말 열심히 했다. 화실에 가장 먼저 오고 또 가장 나중에 나갔다. 화실에 있는 동안에도 밥 먹을 때를 제외하고는 스케치북 앞에 앉아 있었다.

"난 정말 열심히 하는데 자꾸만 성민이한테 뒤처지는 것 같아서. 같이 출발했는데 성민이만 저 멀리 가 있는 느낌이랄까. 거기다 새벽에 위경련이 나서 고생 좀 했거든. 초콜릿케이크를 보니까 속이 매스꺼워서."

"아……. 아팠구나. 난 그런 줄도 모르고……."

"이젠 괜찮아."

현서가 고개를 들고 웃음 띤 얼굴로 말했다.

"그리다는 왜 다니는 거야? 솔직히 여기 입시 학원 같은 데가 낫지 않아? 현 샘이 특별히 뭘 가르쳐 주시는 것도 아니고."

현서 생각이 궁금했다.

"처음엔 성민이가 다니는 곳이라서 흥미로웠어. 그래서 따라간 건데. 이젠 내가 그리다가 좋아."

현서 눈빛에서 그리다에 대한 애정이 느껴졌다.

"나한테는 그림이 전부야. 어느 날은 기뻐서 콧노래를 부르며 붓질을 했고 어느 날은 울면서, 또 어느 날은 누군가를 그리워하면서 그림을 그렸어. 기쁨도 슬픔도 즐거움도 분노도 모두 그림에 넣었어. 그런데 지금은 모르겠어. 내가 그냥 그림을 그리는 기계가 된 것 같아. 그렇다고 그림을 그리지 않는 나는 상상할 수가 없어. 그래서 그리다에 계속 다니는 건지도 모르겠어. 거기 가면 숨통이 트이거든."

현서는 마치 오늘을 기다렸다는 듯이 물어보지도 않은 말들을 들려주었다. 어쩌면 이렇게 말할 상대가 그리웠는지도 모르겠다.

아정 언니가 생각났다. 2등을 했을 때 못 견뎌 하던 언니, 그럴수록 더욱 공부에 매진하던 언니. 그런 언니가 그리다에 다녔다. 언니는 어떤 마음으로, 무슨 생각을 하며 다녔던 걸까? 언니에게 그림은 어떤 의미였을까? 현서와 언니 얼굴이 겹쳐 보이면서 마음 한쪽이 뻐근했다.

"나는 네 그림이 좋아."

나는 진심을 담아 말했다.

"빈말이라도 고마워. 내가 가장 듣고 싶었던 말인데 너한테 들을 줄이야."

현서를 향해 빙그레 웃었다. 대화를 나눌수록 현서는 참 따뜻한 아이 같았다.

이야기를 마치고 햄버거 가게에서 나와 전철역 쪽으로 걸어갈 때였다. 도로의 시끄러움을 뚫고 안쪽 골목에서 고양이 울음소리가 작게 들렸다. 우리는 골목 안으로 들어갔다.

때마침 주머니에는 성민이가 준 작은 소시지 하나가 들어 있었다. 재활용품 더미 뒤에서 황갈색 고양이가 고개를 빼꼼 내밀었다. 소시지를 꺼내자 고양이가 천천히 다가왔다. 나는 고양이를 쓰다듬었다. 고양이 혀가 손바닥에 닿았다.

"그런데 너……."

현서는 무언가 하고 싶은 말이 있는 것 같았다. 그런데도 쉽게 입을 열지 않았다.

"왜?"

나는 고양이를 쓰다듬던 손을 멈추고 현서 말을 기다렸다.

그때였다.

"감자야! 감자야!"

골목 끝 어딘가에서 대학생으로 보이는 언니가 애타게 소리를 질렀다. 고양이를 발견하고는 한달음에 달려왔다. 언니는 고맙다고 몇 번이나 우리에게 인사를 한 뒤에 고양이를 안고 갔다.

"아까 하려던 말이 뭐야?"

아직도 손에 남은 고양이의 감촉을 느끼며 물었다.

"너……. 아니, 됐어."

"난 또, 무슨 일이 있다고."

우리는 고양이와 감자의 상관관계를 따지며 기분 좋게 골목길을 빠져나왔다.

언니는 애완동물 키우는 것을 싫어했다. 동물을 무서워해서 그런 줄 알았는데, 생명 경시라니 인간의 이기심이라니 어려운 말은 다 갖다 대며 반대하기도 했다. 죽고 나면 남은 사람 마음은 어떡하냐며 일어나지도 않은 일에 대해 고개를 저었다. 그 마음을 그렇게 잘 아는 사람이…….

현서와 전철역에서 헤어졌다. 혼자 있을 땐 언니가 더 많이 생각난다. 단순히 보고 싶은 마음과는 또 다른 그리움과 공허함. 언니도 이 길이 그랬을까?

13

골목길 화분 프로젝트

오늘은 골목길 화분 프로젝트가 있는 날이다. 워낙 오래되고 낡은 동네지만 재개발 지정이 된 뒤 이사 가는 사람들이 많아지면서 빈집이 늘어나고 분위기가 더 스산해졌다고 한다.

며칠 전 반상회에 다녀온 현 샘이 동네를 위해 우리가 할 수 있는 일이 무엇이 있을지 의견을 물었다.

"골목길 화분에 옷을 입혀 주는 건 어때요?"

최종적으로 내가 낸 의견이 받아들여졌다. 벽화를 그리려면 사람도 시간도 많이 필요했다. 고등학생인 우리에게는 무리였고, 동네 자치 위원회에서 예산을 대기에도 빠듯했다.

내가 눈여겨보았던 곳은 할머니 냉면집이었다. 가게 앞에는 봉숭아, 수국 같은 예쁜 꽃에서부터 고추, 가지, 방울토마토 같은 채소가 커다란 화분이나 고무 대야에서 자라고 있었다. 예쁜 식물에 비해 화분은 하나같이 낡고 지저분했다. 골목길을 다닐 때마다 화분에 예쁜 그림을 그리면 어떨까 생각했었다.

"삭막한 골목이 화사해지겠는걸?"

"그렇게 어려운 작업도 아닐 테고."

"적은 예산에 비해 효과가 좋겠어요."

모두가 자기 일처럼 기뻐했다. 기분 전환을 위해서도 좋을 것 같았다. 그리고 무엇보다 우리의 그리다가 있는 동네니까. 화분 프로젝트는 시작도 안 했는데 벌써 완성된 것처럼 뿌듯했다.

예산이 넉넉하지 않았기에 화실에 있는 것들을 가져다 쓰기로 했다. 홍대 앞에서 화방을 하는 현 샘 친구가 물감을 후원해 주겠다고 했다. 그래서 오늘 홍대역에서 보미를 만나기로 했다.

아침에 눈 뜨자마자 휴대폰으로 날씨부터 검색했다. 기온이 높지만 비 소식이 없어 천만다행이었다. 그깟 더위야 하루쯤 견디면 되니까. 나는 이 프로젝트에 푹 빠져 있었다.

"언니!"

홍대역 출입구 앞에서 보미를 만났다. 짧은 청반바지에 흰색 민소매 티셔츠가 시원해 보였다.

"여기 진짜 오랜만이다."

들뜬 얼굴의 보미가 내게 팔짱을 꼈다. 붙임성은 대한민국 최고일 거다. 하긴 내가 그리다에 발을 들여놓게 된 것도 이 팔짱이었지.

"예전엔 자주 왔었어?"

보미네 학교나 그리다에서는 이곳까지 제법 거리가 된다.

"토요일, 그리다 모임에서 왔었지. 야외 크로키 모임 하러 많이 왔어. 근데 언니도 참, 여기서 우리 처음 만난 거잖아."

보미가 팔짱을 풀고는 내 어깨를 툭툭 치며 말했다. 언니가 이곳에서 처음으로 그리다를 만났구나. 넋 놓고 있는데 옆구리로 주먹이 들어오는 것 같은 느낌.

"언니, 왜 그래? 어디 아파?"

보미가 심각하게 물었다.

"어……, 속이……."

갑자기 세상이 빙빙 돌면서 중심을 잡고 있기 힘들었다. 식은땀이 흐르고 가슴이 정신없이 뛰었다. 보미가 나를 부축해 가까운 건물의 화장실로 황급히 데려갔다. 찬물로 세수를 하니 살 것 같았다.

"뭐야, 아침부터 더위 먹은 거야?"

보미가 흘러내린 내 옆머리를 귀 뒤로 넘겨 주었다.

"그런가 봐. 이제 괜찮아. 미안해."

"미안하긴. 갈 수 있겠어?"

"어. 이제 말짱해."

나는 두 손을 들어 보였다. 보미가 다행이라며 크게 숨을 내쉬었다.

현 샘 친구 화방에 들러서 물감을 받았다. 무게가 제법 나갔지만 오늘 프로젝트를 생각하니 전혀 무겁게 느껴지지 않았다. 차 한 잔 마시고 가라는 걸 급히 가야 한다며 서둘러 나왔다. 내겐 다른 꿍꿍이가 있었다.

"우리 처음 만났던 데가 어디더라? 오랜만에 와서 잘 모르겠다."

나는 조심스럽게 보미 표정을 살폈다.

"그래? 우리 한번 들러 볼까?"

보미가 다시 팔짱을 꼈다. 얼굴에 생기가 돌았다. 얼마 가지 않아 보미가 걸음을 멈췄다. 버스킹으로 유명한 놀이터였다. 보미와 나는 햇빛을 피하느라 커다란 나무 아래 벤치에 나란히 앉았다.

"그날 내 첫인상이 어땠어?"

일단 물꼬만 트면 워낙 말하는 거 좋아하는 아이니까 술술 불 것이다.

"말해 뭐 해. 되게 어두웠지. 그래도 내가 찬찬히 크로키 모임이라고 설명을 하니까 선뜻 모델을 서 주겠다고 했잖아. 언니가 좀 의외의 면이 있지?"

"그랬나?"

"언니, 할머니 같아. 자꾸만 기억 안 난대."

"그랬구나."

"크크크, 지금도 봐."

보미 웃음소리가 아련하게 들린다. 보미와 이야기하고 있지만 나는 그날, 언니의 모습을 이곳에서 보고 느끼고 있다. 무슨 일이었을까? 모르는 사람 부탁을 선뜻 들어주다니.

"그렇게 3분 모델을 서더니 우리 모임에 대해 이것저것 물었잖아. 그리다 위치를 묻더니 어느 날인가 불쑥 나타나서 깜짝 놀랐지. 그런데 또 어느 날 갑자기 사라지고. 이젠 안 그럴 거지?"

보미 말에서 나를, 아니 언니를 아끼는 마음이 느껴졌다. 난 언니가 서 있었을 자리를 한동안 뚫어져라 바라보았다. 이곳에서의 언니를 상상할수록 측은한 마음이 드는 건 왜일까.

"언니, 우리 이러다 늦겠어. 빨리 가자."

보미의 재촉에 엉거주춤 자리에서 일어났다.

"언니, 그거 알아? 내가 언니한테 반한 게 언제냐면, 이렇게 나란히 걷는데 언니가 대뜸 그러는 거야. 걷는 거 좋아한다고. 발바닥에서 종아리로 허벅지로 올라오는 기운에 살아 있는 걸 느낀다고. 그날도 집에서부터 걸어왔다고 했잖아. 나 그때 힘든 일이 있었는데 언니 덕분에 걸으면서 많이 생각했었지."

보미가 언니를 그리고 지금의 나를 이렇게 잘 따르는 이유가 있었던 거다. 언니가 그렇게 따듯한 사람이었다니.

보미와 이런저런 이야기를 나누며 그리다에 도착했다. 모자와 앞치마 그리고 목장갑으로 중무장한 그리다 식구들이 모여 있었다. 처음 보는 대학생 언니, 오빠도 서너 명 있었다. 이날을 위해 특별히 현 샘이 제자들을 호출했다.

둘씩 짝을 지어 구역을 맡았다. 나는 보미와 냉면집 화분부터 칠하기로 했다. 먼저 화분의 오톨도톨한 부분을 사포로 문지르고 흰색 물감을 바른다. 그 위에 색색의 물감으로 그림을 그리면 된다.

빨간색 맨드라미와 보라색 수국, 노란색 국화와 해바라기 그리고 상상 속의 예쁜 꽃까지, 낡고 지저분한 화분마다 화사하게 피어날 것이다.

"이것 좀 마시면서 해. 너희들 더워 먹겠다."

냉면집 할머니가 차가운 보리차를 주전자째 건넸다.

"시원하다."

보미와 내가 동시에 감탄했다.

"할머니 타이밍 굿!"

보미가 엄지 척을 했다.

"그래. 굿이나 보고 떡이나 먹어야겠다."

할머니가 보미를 따라 엄지 척을 했다.

"오늘은 기분이다. 그림쟁이들 모두 우리 가게에서 점심 먹어라. 내가 한턱 쏜다."

할머니가 호쾌하게 웃었다. 보미와 내가 일어서서 손뼉을 쳤다. 어서 빨리 이 기쁜 소식을 모두에게 전해야지.

1차 색칠을 끝내고 그림이 마를 동안 점심을 먹기로 했다. 날이 너무 뜨거워 그림보다 우리가 먼저 말라 탈진할 것 같았다. 그리다 식구들 모두 할머니 냉면집에 몰려갔다.

"캬! 이 맛이야."

성민이가 그릇째 들고 국물을 마신 뒤 감탄했다. 모두들 웃음이 터졌다.

"그래, 실컷 먹어라."

할머니가 성민이 그릇에 국물을 더 부었다. 성민이는 신나서 들썩들썩 어깨를 움직였다.

그 잠깐, 몇 시간이었지만 긴장해서 그런지 허리랑 어깨가 쑤셨다. 나는 몸을 조금씩 비틀며 스트레칭을 했다.

"너도 오늘은 많이 먹어라."

할머니가 물냉면을 내 앞에 놓았다.

"네!"

나는 큰 소리로 대답하고는 국물부터 들이켰다. 좋은 일을 하고 먹으니 더 맛있는 것 같았다.

뼛속까지 시원해지는 냉면으로 배를 채우고 잠시 더위를 피했다가

2차 색칠에 들어갔다. 냉면집 화분 작업을 마치고는 아직 채 마치지 못한 팀원들을 도왔다. 작업은 6시가 되어서야 끝이 났다.

에구구, 쪼그리고 앉아 있다가 허리를 펴며 일어나는데 절로 앓는 소리가 나왔다. 다른 사람들도 사정은 마찬가지였다. 그래도 얼굴에서는 '보람'이라는 두 글자를 선명하게 볼 수 있었다.

"모두 힘들겠지만 그래도 오늘을 기억하는 의미로 번개 크로키 모임을 해 볼까?"

현 샘 제안에 모두 찬성했다.

아무 데나 앉아서 스케치북에 빠르게 그렸다. 연필로 스케치를 하고 색연필로 화분만 칠했다. 꽃들이 폭죽처럼 팡팡 터졌다. 내가 그린 그림을 내가 또 그리는 묘한 경험. 나는 이곳을 이날을 기억할 것이다.

짧은 크로키를 끝내고 쉬고 있을 때였다. 규현 오빠 부모님을 시작으로 떡집과 과일 가게 그리고 동네 주민들까지 먹을거리를 챙겨 왔다. 우리가 좋아서 한 일인데 칭찬을 받고 맛있는 음식을 받으니 뭉클해졌다.

"이왕 오신 김에 함께 드시고 가시죠."

현 샘 말에 작게나마 동네잔치가 되었다.

"학생들 솜씨가 훌륭하구먼."

"아주 동네가 달라 보인다니까."

너나없이 바뀐 골목을 좋아했다. 주민들은 주말에 동네 대청소까지 하기로 했다. 우리가 뭔가 대단한 일을 한 것 같아 뿌듯했다.

나는 배도 부르겠다 슬쩍 자리에서 빠져나와 옥상으로 올라갔다. 옥상에서 커피를 마시며 동네를 보고 싶었다. 그러고 보니 요즘 내가 커피를 즐겨 마신다. 언니가 마실 때마다 그 쓴 걸 어떻게 마시냐고 타박을 했었는데……. 알고 보니 커피도 쓴맛만 있는 게 아니었다. 나도 점점 커피가 좋아졌다.

옥상에는 규현 오빠가 먼저 와 있었다. 나는 천천히 오빠에게 다가갔다.

"동네가 달라진 거 같지?"

오빠가 눈으로 동네를 훑으며 말했다.

"네. 화분 하나 바꿨을 뿐인데 신기해요."

전에는 상상도 할 수 없었던 일이 내게 벌어지고 있었다. 생판 모르던 동네가 변화된 모습을 보고 흐뭇해하는 내가 신기했다. 이제 나에게도 여기가 특별한 곳이 되었다. 나도 모르게 내 마음속 이야기가 흘러나왔다.

"어떤 사람이 있는데요. 난 그 사람에게 좋은 사람이 아니었던 것 같아요. 그래도 그 사람은 날 좋은 사람으로 기억할까요?"

나는 하늘을 바라보며 언니를 떠올렸다. 저기 어딘가에서 나를 바라보고 있을까?

"그럼. 넌 친절하고 다정하니까."

어색해하는 상대방을 배려하는 따듯함. 오빠도 첫인상과는 다르게 보면 볼수록 좋은 사람이다.

나는 이곳에서 조금씩 행복을 느끼고 있다. 나……, 이래도 되는 걸까?

14

상상할 수 없는 일

며칠이 흘렀다.

골목길 화분 프로젝트 뒤에 사람들은 더욱 열심히 그림을 그렸다. 누가 시켜서가 아니었다. 내 그림이 누군가에게 어딘가에 보탬이 된다는 것을 눈으로 본 뒤의 변화였다. 현서도 마음을 다잡았는지 그리다에서 더 오랫동안 시간을 보냈다. 성민이도 그림 그릴 때는 자세부터가 달라졌다. 항상 생글거리던 보미도 개학이 다가오자 긴장이 되는지 그림에 집중하는 모습을 보였다.

나 역시 조금씩 그림에 재미를 붙이고 있었다. 미대에 갈 것도 아니고, 그렇다고 딱히 다른 목표가 있는 것도 아니었다. 그냥 여기서 연필을 잡고 있는 게 좋았다. 그 어느 것보다 내게 위로가 되었다.

"요즘 그림이 아주 좋아졌어. 재밌나 보다."

현 샘도 내 그림을 알아보았다.

"어떻게 아셨어요?"

"선 하나를 긋더라도 쫀득쫀득 탄력이 있잖니. 눈빛도 얼마나 초롱초롱한지. 모델이 공유라서 그런 건가? 하긴 나라도 빠져들 것 같긴 해."

현 샘이 스케치북 옆에 붙여 놓은 배우 공유 사진을 보며 말했다.

나는 요즘 배우 공유 얼굴을 그리고 있다. 처음엔 줄리앙이나 아그리파를 그리려고 했지만 어렵기도 하고 무엇보다 재미가 없었다. 연예인에게 관심 없는 언니였지만 공유를 보고는 '괜찮네.'라고 했던 게 문득 떠올랐다. 그건 언니로서 최고의 반응이었다.

내가 언젠가 그리고 싶은 사람은 아정 언니다. 며칠 전 옥상에서 규현 오빠가 "너는 기억하고 싶은 것이 있니?"라고 물었을 때 언니가 떠올랐다. 예전에 현 샘도 비슷한 질문을 했었다. 그때 난 언니를 그릴 일은 없을 거라고 생각했다. 그러니까 지금, 의외의 변화다.

어쨌든 나도 뭔가 그림 같은 것을 그리고 있다는 것에 위안을 느끼고 있었다. 이제야 이곳 그리다의 구성원이 되어 가는 것 같았다. 물론 마음 한편에는 이 좋은 사람들을 속이고 있다는 죄책감도 있었다. 사람들이 내게 친절을 베풀수록 더욱더. 모든 걸 사실대로 털어놓을 용기가 나지 않았다. 언제까지 윤아정으로 살 수 있을까.

오랜만에 일요일 점심을 가족과 함께 먹었다.

"국이 참 맛있네."

아빠가 먼저 입을 열었다.

"금희가 보내 준 거야."

엄마는 내가 끓인 거 맞아, 라고 하는 것 같은 담담한 말투였다. 나도 모르게 웃음이 나왔다. 그런 나를 보고 엄마 아빠도 웃었다. 셋이 함께 웃는 거 정말 오랜만이다. 모두 같은 마음이었을까, 동시에 웃음을 멈췄다.

"금희 씨가 요리를 참 잘해."

어색한 분위기를 바꾸려고 아빠가 노력 중이다.

"그치. 고맙지."

엄마는 국을 한 국자 더 떠서 아빠 대접에 담았다. 나도 대접을 내밀었다. 왠지 그렇게 하는 게 좋을 것 같았다.

엄마 휴대폰이 울렸다. 어렴풋이 들리는 목소리가 금희 이모였다. 통화가 길어지겠다고 생각하고 있을 때, 엄마가 전화를 끊고 휴대폰을 만지작댔다. 무언가를 검색하는 것 같았다.

"무슨 일이야?"

엄마 반응이 심상치 않은지 아빠가 걱정스럽게 물었다. 엄마는 금희 이모가 보내 준 영상을 틀었다.

화면 가득 내 얼굴이 나오고 있었다. 화면 아래에는 '윤아정, 17세'라는 자막이 떠 있었다. 엄마 손끝이 덜덜 떨렸다.

화면은 골목길 화분 프로젝트를 담고 있었다. 지역 방송사에서 취재를 나와 그리다 사람 모두와 짧은 인터뷰를 했다. 대답도 길지 않았고 많이 버벅대서 내가 나올 거라고는 꿈에도 생각하지 못했다. 더구나 내 이름을 말한 적도 없는데. 그리다 사람 중 누군가가 내 이름을 얘기했나 보다.

"우리 솜씨로 골목이 바뀐 걸 보니까 새 옷을 갈아입은 것처럼 기분이 좋아요."

바보같이, 어색하게 웃기까지 하면서 내가 말하고 있었다.

"이게 무슨 일이야?"

엄마가 윤아정, 이름 석 자를 가리켰다.

"그거 나야."

"무슨 말이야. 여기 분명히 윤아정인데. 네가 아정이라고?"

엄마가 격앙된 목소리로 답답해했다. 이제 더는 숨길 수도 피할 수도 없는 상황이 되었다.

나는 그리다에 가던 첫날부터 지금까지의 일을 털어놓았다. 내 이야기가 길어질수록 엄마 숨소리는 거칠어졌다.

"너 지금 그게 말이 된다고 생각하니? 네가 왜 아정이 행세를 하는데. 네가 뭐라고!"

엄마는 점점 이성을 잃어 가고 있었다. 나도 엄연히 딸인데, 네가 뭐라니.

"당신, 지금 뭐라고 하는 거야. 그럴 만한 이유가 있었다잖아. 이유가."

잠자코 있던 아빠가 거들며 나섰다.

"아무리 그래도 그렇지. 어떻게 아정이 행세를. 어렸을 때 단 한 번도 하지 않던 짓을 왜 이제. 넌 도대체 무슨 생각으로."

엄마는 화가 나다 못해 어이가 없다는 말투와 표정이었다.

"맞아. 난 생각 없어. 언니는 잘났고 대단하고 나는 엉망진창이지. 언니 말고 내가 죽었어야 하는 거지?"

엄마에게 할 수 있는 최고 고약한 말을 내뱉었다.

"너 어떻게……, 너 어떻게 그런 말을……."

엄마는 차마 말을 잇지 못했다.

늘 아정이, 아정이만 찾던 엄마. 그깟 이름 한 자 바꿔 쓴 게 뭐 그리 대수냐고, 이미 죽은 사람 이름 좀 쓰면 어떠냐고. 언니도 아니고 왜 엄마가 화를 내냐고! 나는 말도 안 되는 억지를 부렸다.

엄마가 쓰러질 듯 휘청댔다. 아빠가 엄마를 부축하며 눈짓으로 나에게 방으로 들어가라고 했지만 난 한 발자국도 움직이지 않았다.

"너 거긴 어떻게 알고 갔어. 언니가 말했어? 언니 계속 거기 다녔던 거야? 그날도 어디 다녀올 데가 있다고 했는데 거기였던 거야?"

엄마가 긴 숨을 천천히 내뱉은 뒤 물었다. 엄마 얼굴은 터질 것처럼 붉어졌다. 나는 엄마가 하는 말을 도무지 알아들을 수 없었다. 내가 모르는 다른 이야기라도 있는 건가? 머리가 복잡했다.

"내가 그만 나가라고 했는데도 거기를 다녔다는 거지? 여보, 지금

재 얘기 그런 거지?"

엄마가 다시 흥분하기 시작했다.

"그만! 그만 좀 해. 당신 지치지도 않아? 이제 아정이 없다고. 지금 이런 얘기들이 무슨 소용인데."

지금껏 조용조용히 말하던 아빠가 버럭 소리를 질렀다. 아빠가 이렇게 화를 내는 건 언니 사고 이후 처음이다.

"지금 아진이도 거길 다닌다는 거잖아."

엄마가 힘없이 고개를 떨구었다. 강철처럼 강하다고 생각했던 엄마다. 그런 엄마가 이제 툭하면 눈물을 흘린다. 눈물샘은 퍼내도 퍼내도 마르지 않나 보다. 잘못했다고 한마디면 됐을 것을. 살얼음판을 보면서도 알면서도 내가 와장창 깼다.

"소리 질러서 미안해. 이러다 당신 또 쓰러진다고. 아진이한테는 내가 얘기할 테니까 당신은 들어가자."

힘없이 늘어진 엄마를 아빠가 부축해서 안방으로 들어갔다.

순간적으로 집을 나갈까 생각했다. 갈 곳은 있었다. 그리다에서 밤새 그림을 그려도 된다. 하지만 피하고 싶지 않았다. 여기서 피한다면 어쩌면 나는 집에도 그리다에도 영영 돌아오지 못할 수도 있다. 무엇보다 조금 전 엄마 말에 담겼던 숨겨진 이야기를 들어야 한다. 아빠를 기다리기로 했다.

잠시 뒤 아빠가 내 방에 들어왔다. 책상 앞 의자를 끌고 와 내 맞은편에 앉았다.

"언니가 궁금했어. 그리고 나도 언니처럼 되고 싶었고. 사실 늘 그랬어."

언니는 부모님에게 언제나 자랑거리였다. 가장 크고 화려한 액세서리였다. 흥, 그깟 상장이야 나도 마음만 먹으면. 잘난 척은, 재수 없어. 속으로 이렇게 말했다. 나는 관심 없는 척했지만 언니가 늘 부러웠다. 신은 우리 둘을 똑같이 만들었으면서 왜 한쪽에만 능력을 몰아주었는지 이해되지 않았다. 괜찮은 척했지만 속으로는 시샘과 질투로 몸살을 앓던 지질한 루저였다.

"아정인 아정이고 넌 너지. 왜 그런 생각을."

아빠가 안타까워했다.

"혹시 언니가 화실 다니는 거 엄마도 알고 있었던 거야?"

나는 궁금했던 것을 물었다. 엄마가 알았다면 언니를 가만두지 않았을 텐데.

"응. 한바탕 아주 난리가 났었지."

아빠가 한숨을 내뱉으며 머리를 흐트러뜨렸다.

"갑자기 애가 그림을 그린다니까. 성적도 떨어지는데 네 엄마 성격에 가만있었겠니. 나도 나중에 알았지만, 화실을 아주 발칵 뒤집어 놓은 모양이더라."

아빠가 한숨을 내쉰 뒤 이야기를 이어 갔다.

"네가 잘 몰라서 그렇지. 엄마랑 언니는 끊임없이 싸웠어. 엄마는 의대 가라고 하는데 언니는 싫다고."

이런 일이 있었으리라고는 꿈에서도 생각 못 했다. 그저 언니는 엄마 말을 잘 듣는 모범생으로만 알고 있었으니까.

"그런데 엄마는 왜 그렇게 의대를 고집한 거야?"

"사실 의대는 외할머니 꿈이자 엄마 꿈이었어. 자기가 이루지 못한 꿈을 아정이가 이루어 주길 바랐지. 완벽을 추구하는 자기 성격을 아정이가 닮았다고 생각한 거고."

그런 언니가 갑자기 그림을 그리겠다고 하니 엄마에게는 하늘이 무너지는 것 같은 고통이었을 거다.

"나도 아정이가 갑자기 그림을 그리겠다고 하니 마냥 편을 들어줄 수 없더라. 이럴 줄 알았다면 그때 아정이 편을 들어주는 건데. 내 잘못이 크다."

아빠가 괴로워하며 두 손에 얼굴을 묻었다.

"아니야. 내가 너무 화가 나서……, 가만히 있으면 내가 정말 미쳐버릴 것 같아서. 나 아빠 원망 안 해."

"고맙다. 늦었지만 이제부터는 진짜 달라지려고. 너 그림 그리는 거 반대 안 할게. 아마 엄마도 그럴 거야. 지금은 생각지도 못했던 일이라 힘들겠지만……, 곧."

아빠가 나가고 난 언니 방으로 향했다. 방문을 살짝 열었다. 엄마가 멍하니 바닥에 앉아 있었다. 나는 조용히 문을 닫고 도로 내 방으로 들어왔다.

엄마와 언니가 끊임없이 부딪혔다는 말에 놀라지 않을 수 없었다. 둘은 한 몸이었다. 모든 걸 의논했고 죽이 딱딱 맞았다. 오히려 그 사이에서 외로웠던 건 나라고 생각했다. 둘은 한 몸이었기에 서로에게 더 생채기를 냈던 것일까?

내가 계속 그리다에 다녀도 되는 걸까? 이제 나에게 그리다가 없는 생활은 상상할 수 없다. 언니를 알고 싶어서 시작된 생활이지만 그만큼 내가 살아 있다는 걸 느끼는 공간이기도 하다. 이제 그리다는 나 때문에라도 포기할 수가 없었다.

15
난 누구였을까

며칠을 방구석에서 보냈나 보다. 엄마도 별말 없이 집과 회사를 오갔다. 그래도 식탁 위에는 항상 따듯한 밥이 놓여 있었다. 오늘은 식탁 위에 메모지 한 장이 있었다.

'네가 하고 싶은 대로 해.'

엄마 글씨였다. 엄마의 힘든 시간에 나까지 보태었다.

오늘은 아무래도 내가 벌인 일을 수습해야 할 것 같았다. 그리다에 가기로 마음먹었다. 무거운 마음으로 버스 정류장에 섰다. 여전히 버스를 타는 게 고통스러웠지만 참아 보기로 했다. 마침 도착한 1003번 버스에 몸을 실었다. 조금이라도 이상한 기분이 들면 내리면 된다고 마음을 다잡았다. 기사 아저씨가 운전을 잘하는 건지 나쁘지 않았다. 때마침, 점차 날이 개고 있었다.

그리다 건물 앞에 섰다. 그동안 내 바람막이이자 아지트가 되어 준 곳이다. 어쩌면 이곳에 다시는 못 올 수 있다는 생각에 서글퍼졌다.

심호흡을 길게 하고 천천히 계단을 올라갔다.

늘 그랬듯이 각자 자리에서 조용히 작업을 하고 있었다. 사각사각, 연필 움직이는 소리와 익숙한 물감 냄새에 울컥하고 뜨거운 게 올라왔다.

사실대로 말하지 말까? 그깟 윤아정 이름으로 사는 게 어때서. 더구나 내가 평생 이곳을 다닐 것도 아니고. 생각은 하염없이 뻗어 나갔다.

"언니!"

보미가 가장 먼저 알아보고 반가워했다. 규현 오빠 빼고 모두가 나와 있었다. 걱정과 반가움이 교차한다. 이곳이 내게 이렇게나 따듯했던 곳이구나.

"어디 아팠어?"

현서가 스케치하던 손을 멈추고 물었다. 나는 고개를 절레절레 흔들었다. 내 표정이 심상치 않았는지 모두가 내 앞으로 다가왔다.

"무슨 일이니?"

현 샘이 면도가 채 깨끗하게 되지 않은 턱을 만지며 걱정스럽게 물었다.

쉽사리 입이 떨어지지 않았다. 무슨 말로 시작을 해야 할지 망설여졌다. 내게 실망을 넘어 배신감을 느낄 사람들에게 미안한 마음이었다. 그러면서도 내가 그럴 수밖에 없었다는 걸 알아주었으면 하는 바람도 들었다. 마음이 복잡했다.

"사실은……, 전…… 윤아정이 아니에요."

내뱉고 나니 더 가슴이 아팠다. 다음 말을 어떻게 이어야 할지 갈피가 잡히지 않았다. 호기심에 이곳을 찾았던 첫날보다 더 떨렸다.

"무슨 말이야, 언니? 윤아정이 윤아정이 아니면 누구야?"

보미가 영 모르겠다는 얼굴로 나를 빤히 바라보았다.

"사실 일란성 쌍둥이예요. 난 윤아진이고 아정이는 언니예요. 일부러 속인 건 절대 아니에요. 어쩌다 보니까……."

난 사람들과 눈을 마주칠 수 없었다. 고개를 숙이고 어떤 질책도 다 받겠다고 생각했다.

"헐. 말도 안 돼."

보미를 시작으로 조용했던 분위기가 흐트러졌다. 하지만 이 좋은 사람들은 누구 하나 날 몰아세우지 않았다. 그저 내가 또 입을 열기를 기다렸다.

"언니가…… 그러니까 언니가……."

말을 해야 하는데, 목구멍을 무언가가 꽉 막고 있는 것 같았다. 나는 힘겹게 언니의 사고 소식부터 전했다. 그 일을 빼놓고서는 어떤 이야기도 이해할 수 없을 테니까. 막상 입을 떼니 너무도 덤덤한 내 모습에 내가 놀랄 정도였다.

유영 언니를 시작으로 모두가 다가와 나를 안아 주었다. 누군가는 훌쩍였고 누군가는 내 등을 쓰다듬어 주었다. 눈 밑이 점점 뜨거워졌다. 우리는 그렇게 슬픔을 나누었다. 시간이 한참 흘렀다.

"먼저 말해 줘서 고맙다."

현 샘이 천천히 입을 열었다. 나머지 사람들은 붉어진 눈을 문지르며 서로를 바라보았다.

"사실 나도 고백할 게 있는데."

현 샘이 자꾸만 뜸을 들였다.

“난 알고 있었어……. 네가 아정이가 아니라는 걸.”

현 샘 얼굴이 까마득하게 멀리 느껴졌다. 내가 지금 뭘 들은 거지? 나는 눈을 끔벅거렸다.

“뭐예요 샘! 그런데 왜 말 안 했어요?”

보미가 코를 훌쩍이며 물었다.

“예전에 어머니가 한번 오셨었어. 아정이 그러니까 네 언니, 화실에 오면 쫓아내 달라고. 그림 그릴 시간 없다고 말이지. 물론 내가 쫓아낼 일은 없었어. 아정이가 다음 날부터 나오지 않았으니까. 아마도 이곳에 자신이 피해를 준다고 생각했나 봐.”

나는 다리에 힘이 풀려 옆에 있던 의자에 풀썩 앉았다.

“그러고 나서 아정이 소식을 들었어. 규현이랑 장례식장에도 갔었고. 먼발치서 널 봤지. 그때 아정이에게 쌍둥이 동생이 있다는 걸 알았어. 그런데 네가 여기에 나타날 줄은 몰랐지. 하물며 네가 아정이라고 하는데……. 무슨 사정이 있을 거라고 생각했어.”

현 샘은 차분히 말을 이어 갔다. 현 샘은 자기가 잘못한 것처럼 말했지만 들을수록 부끄러워지는 건 나 자신이었다.

나는 아이들을 둘러보았다.

"애들은 몰랐어. 나도 말하지 않았으니까."

현 샘 말에 나는 고개를 끄덕일 수밖에 없었다.

"나는 몰랐는데 이상하다고는 생각했어."

잠자코 있던 현서가 입을 열었다.

"아정이는 고양이 무서워했거든. 근처에도 안 갔어. 그런데 넌 스스럼없이 고양이를 만지더라. 그래서 이상하다고 생각했지. 그래도 다른 사람일 거라고는 상상도 못 했어. 아정이 소식도 그렇고……. 너만큼 지금 우리도 충격이야."

나는 사람들을 완벽하게 속이고 있다고 생각했는데 너무 허술했다.

사람들이 낯설게 느껴졌다. 며칠 전까지만 해도 나와 현서는 함께 얼굴을 마주 보며 음료수를 마셨다. 좋은 친구가 될 수 있을 거라고 생각했다. 나, 윤아진이 이곳에서 지냈는데 이곳이 낯설다. 그렇다고 내가 윤아정도 아니다. 난 누구였을까.

"그동안 감사했습니다."

작별 인사를 한 뒤, 문을 열고 나오는데 가슴 한쪽에 있던 무언가가 떨어져 나가는 것 같았다.

"아진아, 꼭 다시 와."

현서가 내 이름을 부르는데 차마 바라볼 수 없었다.

"언니, 기다릴게."

보미 눈에도 눈물이 그렁댔다. 덩달아 나도 눈물이 날 것 같아서, 한번 터지면 멈추지 못할 것 같아서 계단을 서둘러 내려왔다. 이제 이곳에 올 수 없다는 생각에, 그리고 언니가 보고 싶어서 마음이 아팠다.

나는 가까스로 정신을 가다듬었다. 마지막으로 들를 곳이 있었다.

편의점엔 손님이 없었다. 문을 열고 들어가니 규현 오빠는 냉장고에 음료수를 넣고 있었다.

"왔니? 정리하던 거 마저 하고."

오빠가 웃으며 손을 흔들었다. 아직 그리다에서 연락받은 게 없나 보다. 나는 고개를 끄덕이고 계산대 앞으로 갔다. 계산대 위에는 스케치북이 놓여 있었다. 궁금한 마음에 오빠 눈치를 살피며 한 장 한 장 넘겼다. 그런데 내 초상화가 여러 장 그려져 있었다. 설마 나는 아닐 테고……. 언니를 그린 것 같았다. 오빠와 언니 사이에 내가 모르는 일이라도 있는 걸까? 짧은 순간에 여러 생각이 교차했다. 마침 손님이 들어오는 바람에 황급히 스케치북을 덮고 밖으로 나왔다. 파라

솔 밑에 앉아 오빠가 나오기를 기다렸다.

손님이 가고 오빠가 맞은편 의자에 앉았다. 이곳에서 오빠와 이야기 나누는 걸 좋아했다. 그런데 지금은 너무 불편하다.

"현 샘한테 들었어요. 오빠가 나에 대해 다 알고 있다는 거. 장례식장에도 왔었다면서요. 왜 말 안했어요?"

내 말에 오빠는 적잖이 당황한 모습이었다. 기침을 몇 번 하더니 입을 열었다.

"네가 말 안 했으니까. 이유가 있을 거라고 생각했어."

"근데 우리 언니 사고는 어떻게 알았어요?"

죽은 언니가 오빠한테 연락했을 리는 없지 않은가. 오빠가 한참을 말없이 있다가 천천히 입을 뗐다.

"사실, 그날 아정이가 여기로 온다고 했었어. 그게……."

오빠 얼굴이 괴로움에 일그러졌다. 난 오빠가 하는 말이 외계어처럼 잘 해석이 되지 않았다. 언니는 그날 생일 파티를 하려고 온다고 했는데.

"그 며칠 전에 아정이가 날 좋아한다고, 사귀자고 고백했거든. 난 짐작도 못 한 일이라 당황스러웠어. 그래서 생각해 보겠다고 했고. 그런데도 만나러 온다니까 부담이 되더라고. 오지 말라고 했는데…….
막상 온다는 아이가 안 오니까 기분이 이상하더라. 혹시나 하고 전화를 했는데 안 받았어. 몇 번이나 했는데. 그러다가 다음다음 날인가 생각나서 다시 전화를 했어. 부모님은 아니었고 무슨 이모라고 하던데……. 그분에게 이야기를 들었어. 그래서 현 샘이랑 같이 장례식장에 찾아간 거고."

오빠가 말을 마친 뒤 숨을 크게 내쉬었다. 잠깐 사이 얼굴에 그늘이 짙어졌다.

"나 때문이라고 생각했어. 내가 좀 더 강하게 만나지 말자고 할걸. 선약이 있다고 할걸. 아니면 아예 다른 날로 확실히 약속을 정할걸. 아정이를 생각하면 여기가 너무 아파서."

오빠가 한쪽 가슴에 손을 대며 괴로워했다. 오빠도 그동안 언니 사고를 자신의 탓으로 돌리며 얼마나 아파했을까? 마치 내 모습을 보는 것 같았다.

"매일 생각했어요. 내가 조르지 않았더라면, 엄마가 캠프에 보내지 않았더라면, 아빠가 언니를 데리러 갔더라면, 캠프 선생님들이 끝까지 언니를 말렸더라면, 언니가 그 버스를 타지 않았더라면, 비가 오지 않았더라면……. 언니도 대학에 들어가고 좋아하는 사람을 만나고 평범하게 지냈을 텐데……. 언니를 떠올리면 괴롭고 미안하고 그러다가 화가 나고…… 견딜 수가 없어요."

내 안에 이렇게나 많은 감정이 있다는 것도, 그 감정들이 합쳐져 눈덩이처럼 불어난다는 것도, 왜 내가 이런 일을 겪어야 하는지도, 모두 믿어지지 않았다. 잠자리에 들 때면 내일 아침 눈을 떴을 때 이 모든 게 꿈이기를 얼마나 바랐는지 모른다.

"네가 더 이상 힘들어하지 않았으면 좋겠어. 무엇보다 아정이도 그러길 바랄 거야."

"그럴까요?"

오빠가 천천히 고개를 끄덕였다. 그러고는 어느 틈에 들고 온 스케치북을 탁자 위에 올려놓았다.

"이거 언니죠?"

스케치북에서 언니의 초상화를 찾았다.

"응. 기억을 더듬어서 그려 봤어. 함께 찍은 사진 한 장 없더라고……. 네가 가져갈래?"

오빠가 얼굴을 붉히며 부끄러워했다.

"아니요. 오빠가 가지고 있는 걸 언니는 더 좋아할 거예요."

한 사람이라도 더 언니를 기억해 준다는 것. 그거면 됐다. 언니는 우리의 기억 안에서 영원히 함께 사는 거니까.

인생은 크로키 같다. 내 계획대로 되는 게 아니다. 연필을 움직이다 보면 없는 게 생기기도 하고 있던 게 없어지기도 한다. 인생도 그런 것 같다. 예측하지 못하는 일들이 다반사다. 하지만 어느 것도 함부로 실패한 인생이라고 할 수 없다. 언니도 그렇다. 언니는 치열하게 열심히 살았다.

오빠와 헤어져 집으로 향했다. 생각했던 것보다 마음이 가벼워서 놀랐다. 하지만 다시는 그리다를 찾아갈 수 없다는 생각에 또다시 가슴이 내려앉았다.

16
윤아진입니다

엄마의 퇴근을 기다리다 언니 방에 들어갔다. 이곳에 들어오기까지 참 오랜 시간이 걸렸다. 갑자기 피로가 몰려왔다. 천천히 언니 침대에 누웠다. 베개에서 언니 냄새가 났다. 주르륵, 눈물이 흘렀다. 그렇게 잠이 들었나 보다.

눈을 뜨니 엄마가 빤히 내 얼굴을 내려다보고 있었다. 깜짝 놀라 몸을 일으켰다.

"어디 아프니? 죽 끓여 줄까?"

엄마가 걱정스레 물었다.

"아니, 괜찮아. 그리고 나 죽 싫어. 밥이 좋아."

당황하던 엄마가 이내 고개를 끄덕였다.

"이 방 네가 쓸래?"

엄마가 침대 가장자리를 손으로 쓸며 물었다. 어떤 마음으로 물었을지 이해가 되기에 선뜻 그러자고 할 수 없었다.

"마음에 없는 말 하지 마. 난 내 방이 더 좋아. 그리고 우리 천천히 하자."

엄마 두 눈에 그렁그렁 눈물이 맺혔다. 나는 억지로 입꼬리를 올리며 웃어 보였다.

"저녁은?"

"친구랑 먹었어. 엄마 나한테 보여 줄 거 있지 않아?"

엄마가 의아한 얼굴로 나를 바라보았다.

"나 오늘 화실에 다녀왔어."

내 말에 엄마가 한숨을 깊게 내쉬며 흘러내린 머리를 쓸어 올렸다.

"네가 거길 왜……."

책망보다는 걱정하는 말투였다.

"난 언니가 나와의 약속 때문에 잘못된 줄 알았어. 언니에게 너무 미안했어. 그래서 결심했어. 내가 언니처럼 살겠다고. 물론 언니처럼 완벽한 사람이 되기는 어렵겠지만……. 나 윤아진을 지우려고 했어. 윤아정이라는 이름으로 살아 보려고."

내 말을 듣고 있던 엄마가 갑자기 흑, 하고 눈물을 터뜨렸다.

"어떻게 그런 말도 안 되는 생각을. 나야말로 아정이를 힘들게 했어. 이럴 줄 알았더라면 아정이가 원하는 대로 하게 두었을 텐데. 마음 놓고 화실에 다니게만 했어도……. 정말 후회돼."

나는 엄마를 안았다. 엄마 냄새, 언니에게서도 똑같은 냄새가 나서 내가 신기하다고 했었다. 우리는 서로를 부둥켜안고 소리 내어 울었다.

얼마의 시간이 흘렀을까.

우리는 서로의 얼굴을 보고 웃음이 터졌다. 화장이 지워진 엄마 얼굴은 엉망이었다. 내 얼굴도 비슷할 것이다. 서로 눈물을 닦아 주었다.

"언니가 보면 한마디 했을 거야."

내 말에 엄마가 코를 훌쩍이며 고개를 끄덕였다.

"더러워. 그만해."

엄마랑 내가 동시에 말했다. 채 마르지 않은 눈 밑을 닦으며 울다가 웃다가를 반복했다. 엄마가 자리에서 일어나 옷장을 열었다. 구부정한 자세로 무언가를 찾는 것 같더니, 종이 상자를 가지고 왔다. 상자는 옷장 안에 들어가 있어서 먼지가 묻었을 리도 없는데 엄마는 연신 손으로 닦았다. 그러고는 조심스럽게 상자에서 무언가를 꺼냈다. 손때가 묻은 스케치북이었다.

스케치북에는 언니가 그린 그림이 있었다. 그림에서 언니만의 정성이 느껴졌다. 언니가 어떤 마음으로 연필과 붓을 들었을지 조금은 알 것 같았다. 오롯이 언니 스스로를 찾는 시간이었을 것이다. 언니는 내가 알고 있던 공붓벌레가 아니었다. 끊임없이 자신을 찾고 나아가던 사람이었다.

마지막 장에는 규현 오빠 얼굴이 있었다. 옆모습인데 어딘가를 멍하니 바라보고 있었다. 어디서 많이 보았던 모습인데. 맞다. 옥상에서.

언니가 머물던 곳에 내가 있었다. 내가 있던 그곳에 언니가 있었다. 나는 갑자기 그곳이 무척 그리웠다.

다음 날, 느지막이 일어났다. 식탁 위에는 엄마가 남긴 메모가 있었다.

'꼭 밥 챙겨 먹어.'

밥 챙겨 먹으라는 이 평범한 문장에 가슴이 뭉클했다. 우리는 오늘도 걱정과 고민을 안고 밥을 먹을 것이다. 밥을 먹다가 울컥하며 또 눈물을 흘릴지 모른다. 그럼에도 먹으면서 살아갈 것이다. 나는 꼭꼭 씹어 밥을 넘겼다.

집에서 나와 계획한 대로 발걸음을 옮겼다. 저 멀리에서 익숙한 실루엣이 보였다.

"선화야."

이번에는 내가 먼저 알은체를 했다. 선화가 웃으며 달려왔다.

어젯밤에 선화에게 만나자는 문자를 보냈다. '만나자.' 고작 세 글자인데……, 참 오래 걸렸다.

"우리 미용실 가자."

나는 내 친구 선화를 똑바로 바라보며 말했다. 내 슬픔이 너무 커서 선화가 날 바라보는 따듯한 눈빛조차 읽지 못했다. 선화가 기다렸다는 듯이 활짝 웃었다.

우리는 나란히 미용실 의자에 앉았다.

"머리 어떻게 해 드릴까요?"

헤어 디자이너가 물었다.

"짧게 잘라 주세요."

"오, 윤아진. 긴 머리도 괜찮은데 왜?"

염색약을 바르고 랩까지 뒤집어쓴 우스꽝스러운 모습으로 선화가 물었다.

"더워."

"그래, 너 더위 많이 타잖아."

"맞아. 내가 그랬지."

어제도 만나 수다를 떨었던 것 같은 익숙함과 편안함.

헤어 디자이너가 가위를 들었다. 슥슥, 머리카락이 잘려 나갔다. 가슴을 답답하게 짓누르던 것들도 떨어져 나가겠지.

"역시 넌 쇼트커트가 잘 어울린다니까. 이제 윤아진답다."

선화가 손에 힘을 주고 내 등짝을 쳤다. 아, 몸이 저절로 꼬였다. 난 그런 선화 옆구리를 꼬집었다.

"이 살들 어쩔 거야."

"네가 그동안 마사지를 안 해 줘서 그렇잖아."

선화가 몸을 비틀며 웃음을 터뜨렸다.

거울 속에는 산뜻한 머리를 한 나, 윤아진이 있었다. 머리카락이 잘려 나간 뒷덜미가 서늘해 손으로 문질렀다. 어렸을 때 이후로 처음 길러 본 머리였다. 여간 불편했던 게 아니다. 그래도 꾹꾹 참았다. 그래야 할 것 같았으니까.

미용실에서 나와 선화와 헤어졌다. 선화가 연락해도 되냐고 물었다. 나는 당연히 된다고 했다. 아마 내가 먼저 연락할 것이다.

나는 다음 목적지로 가기 위해 서둘러 버스를 탔다.

골목길은 제자리에 있었다. 덩치 큰 나무들이 있었고 낡은 담벼락이 있었다. 그리고 그리다 식구들이 힘을 모아 색칠한 화분들도. 마음이 자꾸만 몽글몽글해졌다.

며칠 전까지만 해도 다시 오려고 하지 않았던 곳이다. 혼자서 북치고 장구 치고 다 했다고 생각하면 민망해서 얼굴이 달아올랐다. 하지만 이곳을 잊을 자신이 없었다. 나중에 후회할 것 같았다. 나도 누구처럼 후회 없는 삶을 살고 싶어졌다. 누구로 사는 게 아니라 온전히 나로 살기.

편의점도 그대로였다. 계산대에 앉아 있던 오빠가 반가워하며 자리에서 일어났다.

"윤아진?"

짧게 자른 머리를 보고 놀란 모양이다.

"이상해요?"

나는 어색하게 뒤통수를 문질렀다.

"아니. 잘 어울려."

오빠 말에 나는 싱긋 웃었다. 어색할 줄 알았는데 다행이다.

"오빠 공부 시작했어요?"

나는 계산대 위에 펼쳐진 영어 문제집을 보며 물었다.

"응. 검정고시 보려고."

오빠가 쑥스러워하더니 냉장고에서 차가운 바나나우유를 꺼내 빨대를 톡 꽂아 건넸다. 나는 기분 좋게 우유를 받아 들었다.

"참 오빠한테 줄 거."

나는 우유를 계산대에 내려놓고 가방에서 스케치북을 꺼냈다. 사이에 끼워 둔 종이 한 장을 건넸다. 언니가 그린 오빠 얼굴이었다. 오빠가 조심스럽게 받았다. 한동안 꼼꼼하게 바라보던 오빠가 고개를 들었다. 코끝이 빨개져 있었다.

"우리 언니, 사심이 너무 들어갔어요. 이게 어디가 똑같아요. 그림이 완전 잘생겼네."

나는 일부러 더 장난스레 말했다. 오빠가 바나나우유를 도로 가져

가려는 걸 재빨리 낚아챘다.

"이 정도는 내가 우리 언니 수고비로 받아도 되는 거 아니에요?"

나는 쪽 소리가 나게 우유를 빨아들였다.

"그래, 그래. 내가 너 바나나우유 하나 못 주겠냐? 언제든 말해."

"고마워요. 우리 언니 기억해 줘서."

나는 진심을 담아 말했다.

"에이, 또 눈물 나려고 해."

나는 괜스레 눈 밑을 문질렀다.

"너 울다가 웃다가 하면 어떻게 되는지 몰라?"

"뭐야, 이 오빠 더럽게."

우리는 서로를 보고 소리 내어 웃었다. 일부러라도 더 크게 웃기. 아마 오빠도 나와 같은 마음이었을 것이다.

언니는 내가 생각했던 것보다 훨씬 근사한 사람이었다. 이렇게 좋은 사람들과 함께할 수 있었으니까. 그동안 내가 이곳에서 편안함을 느끼고 또 사람들이 나를 잘 대해 주었던 것도 알고 보면 언니 덕분이었다. 어떻게 보면 나는 언니의 보호를 받고 있었는지 모르겠다.

그런데 오만하게도 내가 언니로 살겠다고 결심을 했으니. 누가 누구를 대신하고, 누구로 산다는 것만큼 기고만장한 생각이 있을까? 나는 그냥 나, 윤아진이다. 누구를 대신할 수도 없고 그 누가 나를 대신할 수 없는 그런 것.

편의점에서 이것저것 군것질거리를 사서 그리다로 올라갔다. 계단에서부터 느껴지는 정겨움 그리고 설렘.

언젠가 현 샘이 그랬다. 외국의 어떤 예술가가 한 말이라는데, 나를 중심으로 음미하고 생산해 내는 것은 곧 자기를 사랑하는 반복 훈련이라고. 내가 크로키를 하는 것도 그림을 그리는 것도, 아니 처음에 이곳에 왔던 것도 시작은 언니 때문인지 몰라도 사실은 날 사랑하고 싶어서, 살고 싶어서가 아니었을까?

그리다에서 그림을 그리고 싶었다. 이제 아정 언니를 그릴 수 있을 것 같았다.

흐트러진 머리를 정리하고 문을 열었다.

"안녕하세요. 윤아진입니다."

나는 씩씩하게 내 이름을 말하며 그리다 안으로 들어갔다.

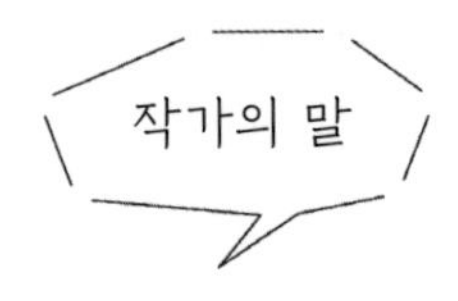

어느 해, 여름.

앞이 안 보이게 폭우가 퍼붓던 날, 나는 달리는 차 안에 있었다.

만나기로 약속한 사람이 있었지만 비 핑계를 대고 차머리를 돌렸다. 마음만 먹으면 우리에겐 늘 다음이 있으니까.

그렇게 세상에서 가장 사랑하는 사람, 나의 우주를 잃었다.

시간이 흘렀지만, 나는 여전히 악몽 같은 그날에서 벗어나지 못한다. 어느 날, 아진이라는 아이가 자꾸만 내 마음을 두드렸다. 함께 이야기하지 않겠냐고, 슬픔을 나누지 않겠냐고. 망설이다 그 아이 손을 잡았다. 돌이켜 보면, 힘들 때마다 내 곁에는 다정하게 손을 잡아 주는 사람들이 있었다. 이 자리를 빌려 고마운 마음을 전하고 싶다.

아진이가 내게 그러했던 것처럼, 내 글이 누군가에게 작은 위로가 된다면 더할 나위 없이 기쁠 것이다. 책이 나오기까지 애써 주신 편집자 조진령 님과 낮은산에 감사의 마음을 전한다. 언제나 가장 큰 힘이 되어 주는 나의 가족들, 친구들에게도 고맙다.

끝으로 세상의 모든 아진이들이 그럼에도 불구하고, 자기 삶을 살아 내기를 소망한다.

2019년 새봄

이나영

낮은산 키큰나무 18

토요일, 그리다

2019년 3월 15일 처음 찍음 | 2023년 6월 25일 세 번 찍음

지은이 이나영 | 펴낸곳 도서출판 낮은산 | 펴낸이 정광호 | 편집 조진령 | 디자인 스튜디오, 헤이 덕 | 제작 정호영
출판 등록 2000년 7월 19일 제10-2015호 | 주소 04048 서울시 마포구 어울마당로5길 16 반석빌딩 3층
전화 02-335-7365(편집), 02-335-7362(영업) | 팩스 02-335-7380
홈페이지 www.littlemt.com | 이메일 littlemt2001ch@gmail.com | 트위터 @littlemt2001hr
제판·인쇄·제본 상지사P&B

ISBN 979-11-5525-112-6 43810

이 도서의 국립중앙도서관 출판예정도서목록(CIP)은 서지정보유통지원시스템 홈페이지(http://seoji.nl.go.kr)와 국가자료공동목록시스템(http://www.nl.go.kr/kolisnet)에서 이용하실 수 있습니다.(CIP제어번호:2019007373)